江户川乱步全集·明智小五郎系列

大暗室

〔日〕江户川乱步　著

叶荣鼎　译

山东画报出版社

图书在版编目（CIP）数据

大暗室 /（日）江户川乱步著；叶荣鼎译. --济南：山东
画报出版社，2022.3

（江户川乱步全集·明智小五郎系列）

ISBN 978-7-5474-3943-2

Ⅰ.①大… Ⅱ.①江… ②叶… Ⅲ.①推理小说－日本－现代

Ⅳ.①I313.45

中国版本图书馆CIP数据核字（2021）第132467号

DA ANSHI

大暗室

〔日〕江户川乱步 著　叶荣鼎 译

责任编辑　怀志霄
封面设计　光合时代

出 版 人　李文波
主管单位　山东出版传媒股份有限公司
出版发行　山东画报出版社
　　　　社　　址　济南市市中区舜耕路517号　邮编 250003
　　　　电　　话　总编室（0531）82098472
　　　　　　　　　市场部（0531）82098479　82098476（传真）
　　　　网　　址　http://www.hbcbs.com.cn
　　　　电子信箱　hbcb@sdpress.com.cn
印　　刷　山东新华印务有限公司
规　　格　787毫米×1092毫米　1/32
　　　　　　5.75印张　81千字
版　　次　2022年3月第1版
印　　次　2022年3月第1次印刷
书　　号　ISBN 978-7-5474-3943-2
定　　价　32.00元

如有印装质量问题，请与出版社总编室联系更换。

译者序

红极一时的日本动漫《名侦探柯南》的作者漫画家青山刚昌，孩提时代曾是江户川乱步的超级追星族，他笔下的主人公江户川柯南的姓就取自日本推理文学鼻祖江户川乱步，名则取自英国的柯南·道尔。

日本作家历来都有用笔名的传统，江户川乱步本名平井太郎，早年就读于早稻田大学经济学专业，江户川就在早稻田大学旁边。巧合的是，"江户川"的日式英语发音"edogawa（爱多嘎娃）"，与"Edgar a-（埃德加·爱）"的发音极其相似；

"乱步"的日式英语发音"ranpo（兰波）"，与"llan Poe（伦·坡）"的发音又十分相近，故而决定以"江户川乱步"为笔名。从此，这个名字陪他度过了四十年推理文学创作生涯，也成为日本推理文学史上不可逾越的高峰。

1923年，乱步在《新青年》杂志上发表处女作《两分铜币》，引发轰动。当时的编者按这样写道："我们经常这样说，《新青年》杂志上总有一天将刊登本国作者创作的侦探小说，并且远远高于欧美侦探小说的创作水平。今天，我们终于盼来了这一兴奋时刻。《两分铜币》果然不负众望，博采外国作品之长，水平遥遥领先于外国名作。我们深信，广大读者看了这篇小说后一定会深以为然，拍案叫绝。作者是谁？是首位登上日本侦探文坛的江户川乱步。"

1925年，乱步发表小说《D坂杀人事件》，成功塑造了日本推理文学史上的第一位名侦探——明智小五郎。其后，他又陆续创作了《怪盗二十面相》《少年侦探团》等脍炙人口的作品，其中的"怪盗二十面相""少年侦探团"等角色已经突破了类型文学的束缚，成为世界文学史上的典型形象，先后多次被搬上各种舞台，改编成各种各样的影视、动漫作品。

第二次世界大战爆发后，江户川乱步因作品被禁止出版，投笔抗议，公开发表《作者的话》："我撰写的小说主要是把侦探、推理、探险、幻想和魔术结合在一起，让读者富有想象力和创造力。人类必须怀有伟大的梦想，经过不断的努力，才会创造出伟大的时代。没有梦想，没有幻想，就没有科学。历史已经证明，科学的进步多取决于天才的幻想和不懈努力。科学进步了，人民才会过上好日子。可是今天的战争，毁掉了科学，毁掉了人民的梦想，日本人民将会被一个不剩地当作炮灰，却还是避免不了失败的结局。"

1947年，日本侦探作家俱乐部成立，乱步被推举为主席。俱乐部在1963年改组为日本推理作家协会，至今仍是日本最权威的推理作家机构。1954年，乱步在六十大寿之际，个人出资100万日元，设立"江户川乱步奖"，用以激励年轻作家。在之后的半个多世纪里，以东野圭吾为代表的一大批优秀的日本推理文学作家通过这个奖项脱颖而出，他们的成绩也使得"江户川乱步奖"成为日本推理文坛最权威的大奖。

1961年，为表彰乱步在推理文学界的杰出贡献，日本政府为其颁发"紫绶褒勋章"（授予学术、艺术、运动领域中贡献卓著的人）。1965年，乱步突发脑出血去世，获赠正五位勋三等瑞宝章。为纪念乱步，名张市建有"江户川乱步纪念碑"与"江户川乱步纪念馆"，丰岛区设有"江户川乱步文学馆"，供日本与世界的爱好者与学者瞻仰和研究。

《江户川乱步全集》作为乱步作品之集大成者，先后出版了多个版本，加印数十次，总印数超过一亿册，迄今已有英、法、德、俄、中五大语种版本问世。衷心希望诸位读者能够通过这一版的中文译本，回望日本推理文学的滥觞，领略一代文学大家的风采。

是为序。

2021年元旦于上海虹桥东华美寓所

目　录

海 难

万里无云的晴空下，平静无波的海面一望无垠。

深秋的阳光毫无遮挡地照在海面上，反射着令人目眩的银白色。

极目四望，看不到一点陆地的影子，仿佛整个世界都是海水。

在这无边的大海中央，孤零零地漂着一个小黑点，那是一艘救生艇。

舵已经坏了，桨也不见了，小艇只能任由海浪推着它漂来荡去。

救生艇上是三个早已筋疲力尽的男人。其中一个老人，有气无力地躺着，面色如土。他枕着卷成一团的西装外套，衬衫下的胸口剧烈地起伏着。

另外两个人由于疲劳和饥饿也比他好不了多少。

两个人都是三十二三岁，一个鼻梁高挺，眼窝深邃；另一个肤色黝黑，个子不高但看起来很结实，看起来像是个海员。两个人都只穿一件衬衫，瘫靠在船边，连说话的力气都没有了。

除了微微涌动的波浪，海天之间仿佛一切都是静止的，也没有任何声音。

躺着的老人开口了：

"大曾根，看到陆地了吗？"

被叫做大曾根的那个高鼻深目的男人绝望地答道：

"整整一个星期，我们都几乎在这里一动不动，怎么会看得见陆地呢？"

另一个黝黑壮实的男人插嘴说：

"但是，我们现在盼望的不是陆地，而是轮船。我觉得我们离轮船的定期航线并不太远，只要有轮船经过，就会发现我们的。"

"三国，你倒是个乐天派啊。即便有轮船经过，也不可能看到我们这么小的一艘小艇的。"

救生艇上再度陷入沉默。

过了好一会儿，躺着的老人痛苦地呻吟道：

"水……水……"

其实他很清楚，早就没有淡水了，但极度的干渴还是让他近乎本能地呓语着。

"有明博士，一滴水也没有了。请再忍耐一下。马上，我们马上就有水了……"

这里简直就是水的地狱。明明周围都是水，却一滴也不能喝。

"啊，真想跳进海里，哪怕淹死也要在死前喝个够。"

大曾根愣愣地盯着海面，绝望地叹息道。

一个星期前，都丸号客船从香港出发，在返回长崎的途中遇到强台风，船毁人亡。救生艇上的三个人都是海难的幸存者，其中两个是从事生物学研究的学者。老人叫有明友定，是世界著名的生物学博士；年轻人叫大曾根龙次，是有明博士的助手。两人结束非洲之行，回国途中绕道印度时，有明博士不慎染上了热病，病情稍有起色，就继续赶路。

大曾根曾建议改乘飞机，但有明博士坚持乘船，于是两人不幸上了都丸号客船。有明博士之所以坚持乘船，是因为两人在非洲收集了许多生物标本，乘飞机的话多有不便。

"当时要是采纳我的建议乘飞机回国，就不会遇上海难了。"

后来，大曾根龙次对记者们讲述事情经过的时候一再强调。也许正如他所言。

一星期前的那个晚上，所有人都在熟睡，当他们在睡梦中被剧烈的颠簸掀下床的时候，船已经深陷台风之中了。船舱里一片漆黑，圆窗外大雨滂沱，狂风怒号。

"怎么回事？"

有明博士费了好大劲儿才勉强稳住了身形。

助手冲进来大喊道：

"触礁了！博士，触礁了！"

"什么？"

"快逃吧，不然就没命了！船已经开始下沉了。"

"标本！大曾根，标本！"

"已近顾不上那么多了，博士，快跟我逃命吧。"

大曾根拽着有明博士就往外拖，博士只来得及抓起了他从不离身的笔记本。

甲板上挤满了乘客，哭喊声此起彼伏。大家被疏散到了救生艇上，但台风的余威让这些小艇几乎都被汹涌的浪涛吞噬了。

有明博士和大曾根也掉进到海里，但他们死死抓住了一艘被海浪打翻的救生艇，又在深夜的大海中与大风、巨浪搏斗了不知多长时间。

"抓紧！就是手断了也不要松开！"

突然，一个有力的男人的声音传进了马上就要失去知觉的两人的耳朵里。

然后，救生艇被重新翻了过来，两人被先后拉上了船。

　　直到天边再次泛起鱼肚白，持续了整整一夜的暴风雨突然消失得无影无踪了。

　　接下来的几天一点风也没有，海面上平静得让人恐惧，他们就这么漫无目的地漂流着。

嘱　托

　　有明博士的病刚刚稍有起色，身体本就十分虚弱，这么一折腾，再加上又渴又饿，如今已经是奄奄一息了。另外两个人虽然没有病，但这么不吃不喝地在海面上暴晒，也是苦不堪言。

　　胃里一点东西也不剩了，如刀绞一般。嘴唇早已干裂，就连舌头都像要裂开一样。三个人就这么愣愣地看着一望无际的海面，没有人知道对方的脑子里会有什么疯狂的念头。人吃人的可怕场面就是发生在这种濒临崩溃的时候吧。毕竟对方是眼前唯一可以吃的东西，更不用说即便这样，身体里也还是有相当的水分的。

大曾根的眼里凶光毕露。

"喂，我已经受不了了，我要动手了！三国，你也别客气了。"

大曾根说着解下了腰上的皮带，那上面有装着手枪的皮套。

极度的饥渴之下，难道他要杀了同伴充饥？

三国大吃一惊，不由得拉开了架势，准备奋力一搏。

"哈哈哈……我昨天就想把这个吃了充饥了。"

大曾根见三国的样子，忍不住笑了出来，然后就把皮带的一头塞进嘴里大嚼起来。三国见状松了一口气，然后也照着大曾根的样子解下皮带大嚼起来。

"博士，您也试试吧，多少还有点用。"

大曾根一边嚼着皮带一边对躺着的有明博士说。

"我已经不行了，没力气和你们一起熬下去了……"

有明博士睁开无神的眼睛，摇摇头，痛苦地呢喃着。

"不要说这种丧气话啊。京子小姐还在东京盼着您回去呢。"

大曾根试图激发有明博士求生的意志，没想到却适得其反了。

"是啊，我最担心的就是京子。我死之后，她就孤苦伶仃无依无靠了……"有明博士深陷的眼眶里盈满了泪水，"大曾根，笔记本，把我的笔记本拿来……"

"什么，您说笔记本？"

大曾根从有明博士上衣口袋里掏出一个皮面笔记本。

"大曾根，那里面写着我给京子的遗书。之前在医院的病床上，我以为自己活不下去了，就写了那封遗书，没想到现在派上了用场。"

在有明博士的催促下，大曾根颤抖着翻开了笔记本，找到了写有遗书的那一页。

京子：

　　活着的时候，我一直埋头于自己的研究，没有好好地关心你，请原谅我。

　　我今生最大的愿望就是把你培养成人，但遗憾的是，我已经等不到那一天了。好在我身边有一个忠实的助手大曾根龙次。京子啊，我想指定大曾根为你的监护人，一直到你长大成人为止。我深信，有了大曾根的保护，你在成长的道路上无论遇到什么曲折和坎坷，一定都能化险为夷。

　　　　　爷爷有明友定

　　大曾根看着看着，双手颤抖得更厉害了。

　　"大曾根，我衷心希望京子获得幸福，才能放心地死去。除你之外，没有其他可以让我放心的人了……你成为京子的监护人之后，可以自由支配我的全部财产。就请三国君来做证明人吧。"

　　"博士，这……"

　　"我的研究室也拜托你了，一定要继续我的

研究。"

"博士，我……实在没那样的能力。"

"大曾根，趁我还有一口气在，你一定要亲口答应我，这样我才能安心死去。大曾根……快……快回答我！"

有明博士似乎燃尽了最后一丝生机，嘶哑地吼道。

"好，我答应。如果您有什么万一，京子就交给我来照顾。不过，您要挺住，要努力活下去！"

大曾根安慰着有明博士，心里却生出了波澜。

也许是最后的心愿已了，有明博士慢慢地闭上了眼睛，再度陷入了昏迷。刚刚一直剧烈起伏的胸脯看上去也稍稍平静了一些。

大曾根和三国两个人瘫靠在船边，谁也不说一句话，各自想着心事。

海面下不时有各种各样的鱼游过，但他们既没有鱼钩也没有鱼饵，只能眼睁睁地看着食物从眼前游走。昨天，大曾根曾试图用手枪打鱼，但他用那把左轮手枪连开四枪，却什么都没打到。

"总得留下两颗子弹以防万一，还是不要在这里浪费了。"

当时，大曾根对三国这样说。只是恐怕连他自己都没有想到，那两颗子弹那么快就派上了用场。

子 弹

　　时间一分一秒地过去，漫长的一天又迎来了夜晚，纵然海上的夜空如童话般梦幻，但救生艇上的三人根本无心欣赏，只觉得海风刺骨的寒冷。半梦半醒之间，海上漂流的又一个黎明来到了。

　　满天的星星渐渐失去了光泽，天边的鱼肚白染上了红色和金色的光泽。一轮红日从远方的海平面上跃升而出。救生艇上挣扎在生死边缘的三个人尽管已经无比虚弱，却还是被这大自然的奇观唤醒了仅有的气力。

　　三国最先坐了起来，突然，他双眼圆睁，不知从哪里来的那么大的力气，声音大得连他自己都吓了一跳：

"陆地！我看到陆地了！"

"什么？陆地？在哪儿？"

大曾根一骨碌爬了起来。

"那里，在那里，太阳的右边，看，那条黑线，是陆地，肯定是陆地！"

三国的喊声和救生艇的剧烈摇晃惊醒了昏睡的有明博士。

"陆地？是陆地吗……"

声音虽然微弱嘶哑，但也许是昨晚一夜的熟睡缓解了病情，也许是重现的希望激起了求生的欲望，有明博士的精神出奇的好。

"是的，是陆地，是陆地！昨天还看不到陆地，今天就看见了，这说明我们的船在走，在朝着陆地的方向走。这样下去，用不了多久我们就能靠岸了！"

三国喜不自禁的声音，犹如兴奋剂刺激着有明博士。

之后的三个小时，船上的三个人一直目不转睛地盯着远方海平面上的一段黑线由细变粗，越来越大。

"看样子，明天就能靠岸了，说不定就能找到人家……太好了，这条命又捡回来了……等等，"大曾根很快又从兴奋中冷静了下来，甚至有点沮丧起来，"得救的可不止我一个人，还有有明博士和三国。看样子，博士的状况也开始好转了，如果上岸之后能及时送到医院，说不定……要是那样的话，京子，还有那巨额的遗产岂不是全都泡汤了？不行，绝对不行！"

大曾根的视线渐渐移到了挂在皮带上的枪套上。

"哈哈哈……看来这是天意啊，有明博士和三国，正好还有两颗子弹，哈哈哈……"

想到这里，他慢慢打开枪套，悄悄地掏出了那把左轮手枪。

"喂，大曾根，你是不是又要打鱼啊？"

重新看到希望的三国兴致颇高。

"哼哼，打鱼？你知道我的枪法还算不错的，在都丸号的甲板上，曾经不偏不倚地射中十米外的扑克牌上的花。"

"哦？"

"所以，如果我瞄准你的脸，不管是左眼还是右眼，只要扣动扳机，就可以在你脸上开个洞。"

大曾根说着举起手枪，瞄准了三国的脸。

"哈哈哈……别开玩笑了，脸上开个洞那还得了？哈哈哈……"

三国笑道。但笑着笑着，他再也笑不出来了，因为他看到了大曾根的脸，一张恶狠狠的脸。

"别乱来！你……你要干什么？"

"当然是打死你！"大曾根冷冷地说，"再让你活下去对我来说可不是什么好事。这样吧，我就一枪射中你的心脏，让你死个痛快。"

枪声响起的同时，救生艇剧烈地摇晃起来，同时海面上溅起了巨大的水花。

三国躲过了要害，跃入了海中，子弹击中了他的肩膀，一抹猩红迅速在他周围的海面上扩散开去。

"大曾根，你疯了？"

重病在身的有明博士费力地支起上半身，哆嗦着嘴唇，紧盯着他。

"当然没疯，而且非常冷静。"

大曾根冷笑着，把枪口又对准了有明博士的胸口。

"你，你要干什么？"

"哼哼……博士，你可真够天真的，居然让我做京子的监护人……你以为我一直跟在你身边是对什么研究感兴趣？告诉你吧，我是另有目的。"

"另有目的？"

"几年前，你也去过一趟非洲，带回了一颗巨大的宝石。我想要的，就是那颗宝石啊。"

"什么，宝石？我根本就不知道什么宝石。"

"你不承认也没关系，我马上就要成为京子的监护人了，你所有的遗产都归我了，我可以慢慢找。"

"恶魔，你简直是个恶魔！"

有明博士根本无处可逃，只能咒骂眼前这个披着羊皮的狼。

"哈哈哈……你说得不错，我就是一个十足的恶魔！你就在这海底诅咒我吧。不过，你放心，我一定会好好照顾京子的。好了，博士，跟这个世界告别吧。"

救生艇又是一阵剧烈的摇晃，大曾根的枪口冒出了白烟，有明博士胸前多出了一个焦黑的小洞，鲜红的血随即涌了出来。

深秋海上的阳光灿烂明媚，洒在救生艇上。

谎　言

　　都丸号触礁沉没，船上乘客尽数遇难的噩耗传到东京的半个月后，大曾根龙次突然出现在了悲痛欲绝的有明京子和研究所的研究员们面前，煞有介事地介绍了事情经过。当然，是他编造的经过。

　　"……我拉着有明博士在海里泡了整整一夜，就在马上就要失去意识的时候，一艘救生艇漂了过来。我来不及多想，拖着有明博士拼命爬到了船上。原以为很快就能等来救援，但万万没有想到，等待着我们的，是地狱般的生活……"

大曾根龙次说到这里停了下来，仿佛回忆起了当时的痛苦经历。过了好一会儿，他才继续说道：

　　"我们又渴又饿，只能靠嚼皮带充饥。"

　　"啊，嚼皮带……"

　　京子完全被带进了大曾根的故事里。

　　"……是啊，当时，如果不那么做，说不定饿得失去理智的我们会互相残杀，然后吃掉对方。"

　　这下，不光京子，所有研究员都被吓得魂不附体。大曾根此时犹如从海底爬回岸上的死神的化身。

　　他似乎完全陶醉在了自己编造的精彩故事里。

　　"我们在海上漂流了三天后，突然发现了一个无人的小岛。我们都高兴极了，抓着对方的手臂发狂似的大笑不止。突然，有明博士的脸色变得越来越难看，最后竟连一点血色也没有了，就那么一头栽倒在了船上。大概是原本就很虚弱的博士经不住这突如其来的极度兴奋，就……"

　　大家看着大曾根被烈日暴晒的黝黑脸庞和深陷

的眼眶里噙满的泪水，没有人想到这些都是他编造的无耻谎言。就这样，他成功地蒙混过关，骗取了京子和研究员们的信任。

由于他持有有明博士写在笔记本上的遗书，短短一年时间就顺利登上了研究所所长的宝座。不仅如此，他还根据有明博士的遗嘱，成了有明京子的监护人，名正言顺地住进了有明家。

自从大曾根住进来，有明家跟以往大不相同了。有明博士生前长期雇用的女佣和管家都被毫无理由地解雇了。

"为什么？"

老管家走的那天，有明京子依依不舍地问道。

"京子小姐，大曾根龙次说我们再待下去，生活就无法维持了。"

"真的？为什么……"

"他说，有明博士留下的财产已经越来越少，再这样下去就不得不变卖这房子了……京子小姐，请原谅我。"

不仅仅是女佣和老管家，就连研究室的研究员们也渐渐都被大曾根排挤走了，原本热闹的研究所日渐冷清下来。

"是不是钱不够了，所以才会把管家和女佣打发走，就连研究所也不能维持下去了？"一天，京子担心地问大曾根，"要是那样的话，可以卖了我的钢琴。"

大曾根微笑着答道：

"不是的，他们是因为有明博士不在了，所以才一个个离开了研究所。"

"爷爷生前花费了那么大心血建立的研究所就这样解散了，实在是……"

京子已经难过得说不下去了。

"京子小姐，请相信我，不管遇到什么困难，我都会继续有明博士生前的研究。"

不知为什么，虽然很多事京子知道得并不清楚，但她总是隐隐地感到不安。比如大曾根虽然信誓旦旦地说要完成有明博士的研究，每天早出晚归，但他根本就不去研究室，跟京子的话也越来越少。又比如把老管家打发走后，大曾根找来一个耳聋的老太太照料京子的生活。她自己好吃好喝，却总是给京子吃一些冷饭冷菜。

　　京子每天放学回家后就把自己关进房间里，整天一言不发。

旱　冰

　　突然有一天，大曾根不知从哪里带回一个年轻人。

　　"京子小姐，他叫小岛，是在读的大学生，从今天起，他就跟我们住在一起，每天辅导你的功课。"

　　被大曾根称作小岛的年轻人走到京子面前自我介绍说：

　　"京子小姐，我叫小岛，从今天起就是你的家庭教师。请多多关照。"

　　从第二天起，不管京子去哪里，小岛几乎都跟她形影不离。即便京子在学校上课的时候，小岛也总是在走廊的角落里看着她，简直就像在监视她一样。

京子越发觉得大曾根可疑了。

这天，京子要好的同学绫子上门邀请她一起出去玩。

"京子，去滑旱冰吧？"

"滑旱冰？"

"是啊，车站广场那家百货大楼顶层有旱冰场。"

"可是我不会啊……"

"很简单的，保证一学就会。我还为你准备好了旱冰鞋。"

"还是算了吧，我也不知怎么搞的，从早上开始就觉得有点头痛。实在对不起。"

其实，京子很想和绫子一起去滑旱冰，但是，一想到那个讨厌的小岛肯定又要跟着，就一点兴致都没有了。她怒气冲冲地坐到钢琴前，胡乱地弹着激烈的曲子发泄情绪。

就在这时，房门被无声地推开了，小岛走了进来。

"京子小姐，大曾根先生吩咐我立即去东京车站买车票，你最好乖乖待在房间里，哪儿也别去。如果不听我的劝告，说不定会有什么意外的。还有，不管遇上什么情况，即便是大曾根先生，也不能让他随便进入你的房间。听明白了吗？"

"为什么？为什么连他也……"

京子故意这么问，就是想看看小岛怎么回答。他明明是大曾根请来监视自己的，为什么又要自己小心提防大曾根？

"京子小姐，重要的不是谁雇我来的，而是你的安全。"

小岛面带微笑，十分笃定地给出了自己的答复。

"小岛，你来我家到底想要干什么？"

"我不是已经说过了吗？京子小姐，我是你的家庭教师啊。"

"如果只是家庭教师，只要辅导我的功课就可以了吧？可你简直就像个侦探。"

"哦？"

"不管我到哪儿，干什么，你都监视着我，这不就是侦探吗？"

"那是为了保护京子小姐的安全啊。"

"恐怕不止如此吧？是不是大曾根担心我对别人说什么才雇你来监视我的？"

"没那回事。京子小姐难道有什么关于大曾根先生的不好的事要对别人说吗？"

"你说呢？"

"这我可说不上来……"

"但是你刚才又让我小心他。"

"嗯，还是小心一些的好。"

"到底为什么？我不明白。"

"也许你很快就会知道的。"

就在这时，门外的脚步声越来越近。

"喂，小岛，你在这里啰嗦什么啊，我不是让你去买车票吗？"

大曾根站在门外，狐疑地看着小岛，一脸严肃地训斥道。

"对不起，我这就去。因为刚才看见一个女生来过小姐房间……"

"那事不用你管，快去买票就行了。"

"好。"

小岛应了一声，快步走出了房间。

"不盯着你，就只知道贪玩，唉……"大曾根嘟囔着，拿起了桌上那双旱冰鞋，"这是刚才那女生拿来的吧？"

"嗯，她邀请我一起去滑旱冰。"

"那你为什么不去？"

"我不会。"

"说起滑旱冰，我可是一把好手。这样吧，我教你。虽然总要摔上那么几次，但很快就能学会的。"

"算了，我可不想在那么多人面前摔倒，会被人笑话的。"

"那我们就在家里学吧，练好了再去旱冰场。研究所的屋顶上就是最好的场地。好，就这么决定了。京子，拿上旱冰鞋，跟我一起去屋顶吧。"

大曾根不容置疑地扔下这句话就先行离开了房间。

京子无可奈何，只得拿起那双旱冰鞋，不情愿地跟在后面上了屋顶。

有明博士的研究所就在院子的一角，是一座三层平顶建筑，屋顶是混凝土浇筑的，周围还围着铁丝网。

"好，来吧，换上旱冰鞋，我们这就开始吧。"

大曾根似乎兴致很高。

京子近来被大曾根搞得不胜其烦，今天又被他强拉到研究所的屋顶上来滑旱冰，早已烦躁不堪，于是下定决心，要让那讨厌的家伙大吃一惊。

"那，我可要来喽。"

说着，她铆足了劲儿，猛地冲向了站在铁丝网前的大曾根。

"喂，别这样，危险！"

大曾根挥动手臂想要阻止京子，但京子已经势不可挡地冲了上去，大曾根只好狼狈地闪到一边。

京子是直线冲向大曾根的，此时想要转弯已经来不及了，她做好了准备，要冲到屋顶边沿的铁丝网上做一缓冲，再重新调整方向。

但突然，京子惊恐地尖叫起来，原来大曾根身后的铁丝网不知什么时候破了个大洞，此时就像一张大嘴正等着京子自投罗网。

尖叫声还没停下来，京子已经冲出那个破洞，划出一道抛物线坠向了地面。

"哈哈哈……"

大曾根狂笑起来，他的阴谋得逞了。

故　人

"扑通"，重物落水的声音。

大曾根点燃一支烟，狠狠吸了一口，强自稳了稳心神，才转身下了楼梯。

但是，怎么回事？水塘里根本没有京子的影子。难道是沉到了水底还没浮上来？

大曾根决定将水塘里的水抽干。

这个水塘是有明博士用来做生物实验的，虽然不大，但很深，极力模仿自然的生态环境，所以里面不只有鱼虾，还有各种水草。说不定京子就是掉进水塘后被水草缠住了，所以才没浮上来。

水面慢慢下降，不一会儿，泥泞的池底都露出来了，但是，还是没见到京子的尸体。

大曾根有点慌了，双手不自觉地握得越来越紧。

他故意安排了一个耳聋的老太太来照顾京子的起居，又打发小岛出去买票了，按说应该不会有其他人来捣乱的，可是……

大曾根慌乱地把附近搜了一个遍，还是连京子的影子都没找着。他实在想不明白这到底是怎么回事，筋疲力尽地坐在水塘边抽起烟来。

就在这时，突然有人在背后拍了拍他的肩膀。大曾根被吓了一跳，连忙扭脸看去，突然，他就像见了鬼一样，脸上一点血色都没有了，双眼圆睁，嘴唇颤抖着一句话都说不出来。

"呵呵呵……大曾根，好久不见啊。"

"你……你……你还活着……"

大曾根终于嘶哑着挤出了这几个字。

"你还记得我啊。"

"怎么可能会忘?"

"也对，毕竟我可是死在你的枪口下的啊。"

那人竟然笑了。可是这笑容在大曾根看来，简直就是地狱恶魔的笑容。

这些年来，这张脸总是出现在他的噩梦中。

来人正是在救生艇上被大曾根一枪打伤坠海的三国。

都丸号客船遇难，大曾根和有明博士在海里命悬一线的时候，正是三国把他们拉上了救生艇，然后三个人在海上漂流了一个星期。发现陆地的时候，三人的体力都已经到了极限。在那种情况下被一枪击中坠海，怎么想也不可能生还。

"你……你……居然得救了……"

大曾根满脸的难以置信。

"这也没什么大不了的。我还有话想跟你慢慢聊。来，到那边坐坐。"

三国就像见到久违的老朋友，但越是这样，大曾根就越是害怕。他虽然表面上强装镇定，但脑子里却在飞快地转着，想要搞明白眼前的这个三国到底想干什么。

啊，明白了！虽然我当时确实给了这家伙一

枪，可他手里根本就没证据。唯一的目击证人有明博士早就死了，只要我一口咬死不承认，他拿我一点办法也没有。所以他才会到我这儿来，也许是想套出什么证据，也许只是想要一点好处。

大曾根觉得自己已经看透了三国的心意，于是渐渐放下心来。但很快他就发现，自己完全想错了。

两人就那么沉默着，谁也不说话。终于，还是大曾根忍不住了。

"你是游到岛上的吧？"

"嗯，我可不像你，还有救生艇。"

"但那是一座无人岛啊……"

"大概是我命不该绝，一艘渔船当时正在岛上休整，渔民们发现了我，把我带到了船上治疗。"

"你还真是走运。"

"你的运气不也很好？救生艇一靠岸就被另一艘渔船发现了吧。"

"你怎么知道？"

"那一带的渔民都是有联系的，我被救上船之后就得知了你获救的消息。遗憾的是，当我听到这个消息时，你已经被送回日本了。"

"不过，你今天来应该不是要跟我说这些的吧？要钱？还是什么其他的……"

大曾根冷笑道。

三国以充满同情的目光看着大曾根。

"你想出钱买回那颗子弹？"

"有什么不可以呢？如果你真有那颗子弹，就拿出来吧，价钱好商量。"

"这种东西怎么能随便出手。"

"什么？"

"这可是你罪行的重要证据，怎么能轻易交给你？"

"哈哈哈……三国，你可要想清楚了。不过，这也不能怪你，充其量，你也不过是个小船员，没见过什么大世面……哈哈哈……就算你拿着那颗子弹，又凭什么说就是我开枪射出的？"

大曾根笑得十分得意，但三国出奇的镇定。

"要想清楚的是你啊，大曾根，你好像忘了一件重要的证据了吧？"

"什么证据？"

"那把手枪啊。你把那它带回国了吧。"

"你……你怎么连这个都知道？"

大曾根一下就慌了神，连忙站起身来就想跑。

"大曾根，你要去哪里？如果是回房间拿枪，已经晚了，那把枪早就在我手上了。"

"什么？你是什么时候……"

"那可不是我干的，是你亲自雇佣的家庭教师小岛。"

"什么？那家伙原来是你派来的？"

"他的真名叫小林芳雄。"

"小林芳雄？那你……"

"我是明智小五郎。"

"明智小五郎？"

大曾根大惊失色。

毒 计

"怎么可能？那个大名鼎鼎的明智小五郎，怎么会是都丸号客船的船员？我不信，你休想骗我！"

这突如其来的消息已经让大曾根完全失态了。

"哈哈哈……大曾根，不要那么激动。为了让你相信，我就简单说说经过吧。我是受警视厅中村警部的委托，为调查一起走私凶杀案去了香港。都丸号客船上的一个船员跟那案子有关，于是我化装成船员混上了船。后来的事情你都知道了。其实，有明博士给你那份遗书的时候我就已经察觉到了危险，因为海难之前我已经把你们调查得一清二楚。

你的手脚一直不怎么干净。"

"什么？我手脚不干净？"

"是的。在都丸号客船上，你隔壁房间住着一名美国牧师，就在海难之前的那个晚上，你从他那儿偷走了一个镶嵌了宝石的十字架吧？不过，我已经又从你那里把十字架拿了回来，在牧师发现之前物归原主了。因为我不想被这起可能引起骚乱的盗窃事件扰乱了我对走私凶杀案的调查。"

"这……可是……你还是救了我。"

"当然，即便你手脚不干净，但是如果只是那样，还罪不至死，我不能见死不救。但是没想到……即便是杀人如麻的凶徒，也不会对自己的救命恩人和恩师下手的。大曾根，你简直是一个十恶不赦的恶魔，你不仅想要杀了我，还杀害了有明博士，现在又把毒手伸向了有明京子。"

明智的语气严厉起来。可厚颜无耻的大曾根居然装出全然不知的模样：

"你说什么？我要杀害有明京子？你有证据吗？少在这里血口喷人了！"

"大曾根，你到现在还在演戏。你刚才不就是在找有明京子的尸体吗？"

"我是在找她，那是因为她从那么高的屋顶上掉下来，一定摔伤了，我要救她。倒是你，你来这里干什么？"

"你说我来干什么？当然是把她从你的毒手下救出来。现在，小林已经带她去医院了。"

"混蛋！那小兔崽子当时藏在哪里？"

"就在这里。我们俩就用望远镜监视着你的一举一动。你装模作样，带有明京子上屋顶滑旱冰，然后诱使她从铁丝网上的那个破洞冲出来，掉到水塘里。怎么样，我没说错吧？那铁丝网上的破洞也是你提前准备好的吧？"

"哼，即便你是日本第一大侦探，但你不可能天天监视我，怎么就能断定我想杀了有明京子？"

"当然有证据。"

"不可能！"

"因为你终于找到了藏那颗宝石的地方。"

大曾根被明智说得目瞪口呆，哑口无言。

"就是有明博士从非洲带回来的那颗宝石啊。你从一开始接近他不就是为了那个吗？这些年来为了找到那颗宝石你费了不少心思吧？最近，你终于知道了那颗宝石就藏在有明京子的钢琴里。但是即便如此，你还是无法如愿拿到那颗宝石。因为钢琴的暗格是有锁的，而钥匙就在有明京子总是挂在脖子上的嵌有有明博士夫妇照片的项坠里。所以你才想杀了她，拿到钥匙。当然，可能你原本的计划不是这样的，但是今天有明京子的同学送来的旱冰鞋给了你突如其来的灵感。那姑娘来找有明京子的时候你就发现了吧？于是你赶紧上屋顶剪断铁丝网，弄出那个破洞，然后打发小林去买根本用不着的车票。最后，装作突然发现那双旱冰鞋，带着有明京子上了研究所屋顶。"

　　"不要说了，不要说了！不愧是大侦探，竟然连那颗宝石的事情都知道得一清二楚。我认输。但是，你为什么不直接报警呢？"

　　"毕竟我们在海上共患过难，我想给你最后的机会，让你去自首。"

"这……好，明智先生，我这就去自首。"大曾根似乎深受感动，两眼竟然噙满了泪水，"但是在那之前，我还有一件东西要给您看，请跟我来好吗？"

"当然，没问题。"

明智没想到大曾根到这时候还是死不悔改，跟着他来到了有明博士生前使用的书房。

房间里整墙的书架上摆满了各种学术书籍。因为里面有很多重要的研究资料，所以不但门是特制的，就连窗户上也都加装了防盗网。

"明智先生，您稍坐片刻，我这就去拿那东西来给您看。"

大曾根说着退了出去。

过了好久，还不见他回来。

"这个大曾根，难道……"

明智担心起来，刚才自己告诉他有明京子去了医院，如果他以监护人的身份把她带走……想到这里，他连忙拿起书桌上的电话，想要通知小林加强戒备，但听筒里一点声音都没有，电话线竟然已经被剪断了。

明智这才发觉自己上了当，想要尽快离开，可门被锁上了，怎么也推不开。

就在这时，脚下的门缝里有什么东西流了进来，那气味，是汽油！

门外传来了大曾根的狂笑：

"哈哈哈……明智先生，虽然在海上没能一枪结果了你，但是这回你可跑不了了。只要我一点火，这里马上就会变成一片火海，你就是插翅也难逃了。哈哈哈……"

话音未落，已经有浓烟灌了进来。明智连忙冲到窗前，想要逃出房间，但窗户上都装了防盗网，根本出不去。房间里很快就灌满了浓烟，火舌在四处噼噼啪啪地烧个不停。

"哈哈哈哈……"

大曾根狂笑着走远了。后来才知道，他把京子的钢琴强行破坏，盗走了那颗宝石。

与此同时，距离有明别墅不远的九段医院里，小林芳雄正在安慰有明京子。

忽然，一名护士跑来说有电话找他。小林接起电话，听筒里竟然传来了大曾根的声音，幸灾乐祸地告诉他，明智已经葬身火海了。

突如其来的噩耗让小林愣了好一阵子才缓过神来，急忙冲回病房，让京子一步也不要离开，然后拦下一辆出租车就往有明别墅赶去。等他赶到的时候，有明家已经被烧成了一片废墟，只是消防人员四处搜寻，也没有发现明智的尸体。

"如果明智被烧死在了里面，怎么连尸体也找不到？"

接到报警赶来的中村警部带领警官们又一番搜索后大惑不解地对小林说。

"明智先生不可能就这么被烧死，一定已经设法逃出去了。现在说不定正在跟踪大曾根那家伙呢，要不了多久就能把那家伙抓回来了。"

话虽如此，但之后又过了两个多月，还是没有任何明智或者大曾根的消息。

绑架事务所

六月的一个晚上，一个须发皆白、衣衫不整的老人醉醺醺地走在街上。他穿着一身旧西装，衬衣皱皱巴巴的，衣领已经发黄，腋下还夹着一个破旧的公文包，看起来就像是已经连喝了几场的公司小职员。

"先生，先生。"

一个流浪汉模样的男人摇摇晃晃地从老人身后的黑暗里走了出来。

"你是叫我吗？"

老人一身打扮那么寒酸，但说话的声音却很洪亮，态度也十分傲慢。

"嘘——小点声。有个秘密，我想您一定感兴趣。"

那人神秘兮兮地一边说着一边向老人走了过来。

"哦？秘密？你倒是真会吊人胃口。那就说来听听，然后才知道我感不感兴趣。"

老人看起来醉醺醺的，却十分警惕。

"哈哈哈……您不认识我，但我却知道您。您是辻堂先生吧？您可是个大富翁啊！"

老人这才吃了一惊，认真起来。

"你怎么知道我是辻堂？你到底是什么人？"

"我只是一个无名小辈，是谁根本无关紧要。不过，我要告诉您的这个秘密您一定会感兴趣的。"

"到底是什么秘密？你为什么要跑来告诉我？"

"当然是为了钱了。如果您听后真的感兴趣，我就可以小赚一笔了。嘿嘿嘿……"

"既然如此，那你就快说吧。"

这一下辻堂老人被勾起了好奇心，而且作为商人的他坚信，钱是最可靠的动机。

"是关于绑架事务所的事。"

"什么？绑架事务所？"

辻堂老人此前对这个恐怖的事务所已经有所耳闻，现在在深夜空无一人的街道上突然听到一个陌生人提起，不由得吓了一跳。

"这事务所我也听说过，不过，怎么可能会有那种事，恐怕都是些无聊的闲人瞎编出来的吧。"

辻堂老人欲擒故纵，装作根本不信的样子，想要从眼前这人的嘴里多套出一些情况。

"您这么说也难怪。不过，我要告诉您，那可不是什么无聊的恶作剧。比如说，要是您看了今天的报纸，一定知道某银行行长的儿子去幼儿园的路上失踪了吧？实话告诉您，那孩子不会回来了，就连警察也没有办法。"

"不会回来了？"

"是啊，我们事务所办事向来干净利落。"

辻堂老人已经被勾起了兴趣，但还是装作若无其事地说：

"那你们为什么要那么做？为钱吗？"

"当然了，不赚钱谁会去做那么危险的事，而且是要赚大钱。事务所就像律师一样，根据委托的难易程度收取酬金，虽然价格不菲，但绝对物有所值。最重要的是，我们不会留下任何线索，被我们绑架的人永远都回不来了。"

"那……你们找上我是要……"

辻堂老人突然心头一惊——他们该不会是接受了什么人的委托来绑架我的吧？

不知不觉间，两人已经来到了一处昏暗僻静的小巷子。

"好了，辻堂先生，在这里说什么都不用担心被人听到了。"

那人十分老道，看来做这种事情已经轻车熟路了。

"我可没什么担心被人听到的。"

辻堂老人强作镇定道。

"是吗？您不是希望真由美小姐能就此消失吗？"

"什么？你知道真由美？"

"我们事务所办事历来谨慎，在没有彻底弄清楚委托人的真实意图之前，是不会贸然接触的。"

"你就不怕我现在就报警把你抓起来？"

"哈哈哈……您会吗？"

"这可是杀人！人命关天！"

"唉，看来您还是不明白。我们事务所只接受绑架的委托，绝不杀人。"

"怎么可能？只有杀掉被绑架的人质，才能让他们永远回不来，也才能不被人发现。"

"您这么想简直是大错特错。杀人可不是那么简单的事情。一旦闹出人命，反而更容易被发现。"

"那么，你们是把被绑架的人卖到很远的地方？"

"那样也很容易被人发现。"

"那你们要怎么样？"

"带到大暗室去！"

"什么？你说什么？"

"我是说，大暗室。"

"大暗室？"

"在非常偏远的大山里，外面的人根本就找不到。"

"可如果是那样的话，说不定……"

"您好像终于明白了。"

"我想拜见你们的所长。"

"今晚吗？"

"今晚……"

"这种事情可要当机立断啊。"

"你们事务所离这里远吗？"

"这我可不知道。"

"不知道？你不是那家事务所的业务员吗？"

"我是业务员，可我从没去过事务所。"

"这可就麻烦了。这么说，你没法带我去了。"

"一点都不麻烦。"

那人说着，拿出一个打火机，打着火后在空中画了三次圈，好像在发什么暗号。

片刻之后，一辆熄了灯的黑色轿车停在了两人面前。

"上车吧，司机会带您去事务所的。"

辻堂老人将信将疑地上了车，被人用黑布蒙住了眼睛，然后就觉得那车飞驰起来。

委　托

　　上车之后，又是紧张又是兴奋，让堂老人根本不知道自己被带着走过了哪些道路，就连方向都无从分辨。他只觉得汽车一会儿右转，一会儿左转，在深夜僻静的街道上拐来拐去。终于，足足三十分钟后，汽车停在了一栋楼房前。

　　"到了，就是这里。下车吧。"

　　坐在旁边的男人说着，自己先下了车，然后绕到汽车的另一侧，打开车门把让堂老人拉了下来。眼上的黑布没有解下来，让堂老人只能像盲人一般摸索着，靠着那人的引导跌跌撞撞地上了台阶。然后好像是走廊，走了好一会儿，然后又是楼梯，再一段长长的走廊后，竟然开始下楼梯了。就这样，一会儿走廊，一会儿楼梯，上上下下，不知道绕了多长时间，让堂老人完全无法确定自己是在几楼了。终于，到了要进去的房间。

"接下来我也不能进去了。从这个门进去之后一直往里走，就是事务所的接待室。你自己进去吧。"

还是听不出任何情绪的声音。

随后，让堂老人眼上的黑布被解了下来，还没等他适应过来，就被人从背后猛地推了一把，一个踉跄进了那扇门，紧接着身后就传来了门被锁死的声音。

他好不容易站稳，又揉了揉眼睛，终于看清楚了，这里根本就不是房间，而是一条狭长的走廊，没有灯，十分昏暗，虽然解下了蒙眼的黑布，但还是什么都看不清楚。既然身后的门已经锁上了，现在就是想打退堂鼓也没办法了，只好硬着头皮往前走。

黑暗中，他突然想起了善光寺地下的受戒坛。在那里，也有一条没有光的地下通道，只能手扶着墙壁前行，最后会到达一处明亮的出口。

"眼前这条走廊的出口就是那间接待室吧？"

想到这里，他不再犹豫，扶着冰冷的混凝土墙壁走了起来。但刚走了十几步就一下子碰到了墙上。难道是死胡同？他不禁害怕起来，自己不会被他们关在了那个什么大暗室里了吧？

他连忙双手在迎面的墙上乱摸，忽然，手碰到了什么东西，是门把手。

"原来门在这里啊，后面应该就是接待室了吧。"

辻堂老人长出了一口气。

他试着敲了一下门，没想到门直接悄无声息地朝里打开了，一丝微弱的光从门缝里洒了出来。

他迈步进去，先是打量了一下这个房间，发现这里虽然足有三十平方米，但十分简陋，没有什么家具。地面和墙都是裸露的混凝土，没有粉刷过。而且，这个房间连一扇窗户都没有。天花板上挂着一个没有灯罩的小灯泡，是这里唯一的光源。

"难道这里就是他们说的接待室？还是另有其他房间？"

就在辻堂老人疑惑地喃喃自语的时候，突然传来了一阵金属摩擦的声音。

他大吃一惊，连忙四下张望，发现门后陈列着一副西方中世纪的甲胄，看样子保养得很好，在灯光的照射下闪着银光。

"难道刚才的声音是这副甲胄发出的？"

这样想着，他走到了那副甲胄跟前，还伸手摸了摸冰冷坚硬的面甲。

"这可是值钱货，放在这么简陋的地方实在是可惜了。"

只要一说到跟钱有关的事情，他可是内行。

为了能更清楚地欣赏甲胄的全貌，他不自觉地后退了两步。就在这时，他突然发现，那甲胄竟然好像也向他走了两步。

"这怎么可能？一定是我眼花了。"

他又试探着后退，结果那甲胄就像要跟他保持距离似的也跟了过来。

这可把他吓坏了，简直就像是噩梦。

"哈哈哈……"

就在这时，那甲胄竟然笑了起来。

辻堂老人吓得一屁股坐到了地上。

"失敬，失敬，让您受惊了，真对不起。我就是事务所的所长，可不是什么怪物。请问您就是辻堂先生吧？"

听声音应该是个年轻人。看来躲在这副甲胄里面是为了不让人看到他的真面目吧。说不定，甲胄腰间的长剑随时都可以拔出来，那寒光闪闪的剑刃……

想到这里，辻堂老人竟然在那甲胄面前跪了下来。

"是，我是辻堂。"

"您的委托，是真由美吧？"

"当真做得到吗？"

"当然。这个世界上没有我们办不到的事情。不过在接受您的委托之前，我想听您亲口说一说要绑架她的理由。"

辻堂老人双手撑在地上，悲伤地说：

"唉……其实，我想要委托你们绑架她，根本不是为了钱，而是为了报仇。"

"报仇？"

"是的。她虽然年纪不大，却是个恶魔！"

"既然如此，为什么还要把她留在家里？"

"那当然是因为她可怜啊。"

"哦？"

"她父母早亡……"

"那样的话，送到孤儿院不就行了？"

"我也想那样做，但是，她的父亲是我远房亲戚的养子，也就是说，她……"

"是您的亲戚？"

"简单点说，就是那样的关系，所以我才把她接回家抚养到今天。但她不但不感恩，居然还想要了我的命。"

"可是，那姑娘为什么要对您下手呢？"

"当然是想要我的财产！我没有妻儿，也没有其他亲戚，只要我一死，我所有的财产就都归她了。那可都是我几十年来省吃俭用，不分昼夜地辛勤工作，辛苦积攒起来的啊！我想在这个恶魔下手之前，请你们把她绑架到那个什么大暗室里去，让她永远不要再回来了。"

"哈哈哈……辻堂先生，你居然在我面前演戏，哈哈哈……"

"您，您说什么……演戏？"

"是的，我最讨厌别人对我撒谎。"

"可是……"

"你回去吧！这就回去！"

"那，我的委托……"

"我拒绝。要知道，我们可是冒着生命危险完成委托人的委托的。所以，除了相应的酬金，所有的委托人必须对我坦诚，原原本本地告诉我前因后果，即便是什么阴谋，或者纯粹的贪婪、仇恨，都没有关系。但是如果想骗我，门都没有！"

"您这是什么意思？"

"还想装蒜？你可不是真由美说杀就能杀了的愚蠢老人！我看，是你想杀掉真由美吧？这可关系到一笔巨额财产。怎么样，我没说错吧？"

"这……"

"真由美的祖上在某处藏有价值数百万的黄金，你想要的就是那个吧？"

"你们竟然连这事也知道？"

辻堂老人完全没想到对方竟然连这么隐秘的事情都知道得一清二楚。

"当然。真由美的祖上伊贺屋，在明治维新的时候担心有人趁火打劫，于是悄悄地把自己积攒下来的所有财产都换成了黄金，藏在了一处秘密的地方，想要等到战乱结束之后再取出来。但是，他没能等到那一天就因病去世了。虽然留下了埋藏黄金地点的密码本，但他的子孙们一直没能破译，所以那些黄金一直都还留在那里。真由美是伊贺屋的重孙星野清五郎的女儿。你收养她，就是为了那密码本。"

辻堂老人无言以对，毫无血色的脸上不住地抽搐着。

"是我不对，是我不对。我确实是想独占那些黄金，所以才想让真由美从这个世界上消失的。"

"这么说，你已经破译了密码本？"

"这……不……我还没有那样的能力……"

"还想说谎！既然你来委托我们，就一定已经破译了那密码本，不然的话，就算真由美消失了又有什么意义？她是继承人，只要她还在，就算你找到了黄金，能得到多少也要看她的脸色，与其如此，当然不如自己独吞，所以她才成了你的眼中钉。对吧？"

辻堂老人贴身的衣服已经完全被冷汗浸透了。他完全没有想到，对方竟然连自己最隐秘的心思都知道得这么清楚。他已经后悔不该这么轻率地来到这个地方，但事已至此，他已经没有退路了，一个弄不好，连自己这条命都要保不住了。

"既然您已经知道得这么清楚了，我也就不啰嗦了。的确如您所言，我想让真由美在这个世界上彻底消失。不管您要多少酬金都可以。"

"那好，我接受你的委托！现在，请到这边来吧。这个房间只是测试委托人的地方，连个坐的地方都没有。"

话音未落，随着一阵"吱吱嘎嘎"的响声，墙上竟然出现了一道暗门。一个侏儒从里面跳了出来。那人不过十二三岁孩子的身高，但脑袋大得出奇。穿一身鲜艳的丝绒服装，上面还绣着金线。

只见他蹦蹦跳跳地来到那副甲胄面前，像拜见国王似的鞠了一个九十度的躬。

"把客人带到我的办公室去！"

接到命令，侏儒转向辻堂老人，夸张地做了一个"请"的动作。

椅　子

　　辻堂老人跟在侏儒后面，来到一个跟刚才完全不同的非常豪华的房间。

　　整个房间都是鲜艳的红色。四周的墙壁上挂着层层叠叠的红色天鹅绒垂幕，地上铺着厚实松软的红色地毯。长沙发、椅子、桌子……所有的家具都是红色的。就连天花板都是红色的。天花板上吊着奢华的水晶灯，照得之前一直在黑暗中的辻堂老人几乎睁不开眼睛。

　　"请坐。"

　　侏儒请辻堂老人坐在一把红色的扶手椅上。椅子的靠背足有普通椅子的两倍那么高。扶手十分宽大，上面雕满了复杂的花纹。

"别客气，请坐。"

所长也随后跟了进来。

辻堂老人提心吊胆地坐下。坐垫十分松软，瘦小的老人坐在宽大的椅子上，仿佛要被吸进去似的，那样子有些滑稽。

所长让侏儒帮他脱掉了那副甲胄，露出了本来面目，然后坐在了辻堂老人对面的椅子上。

啊！竟然这么年轻？看样子不过二十四五岁的样子，是个十分俊秀的青年。

不管怎么说，这模样可比那副甲胄好多了，辻堂老人悬着的心稍稍放下来一些。

"你们打算用什么方法绑架真由美？"

"我打算化装成你的模样住进你家，然后趁机绑架真由美。怎么样？是个不错的主意吧？"

"一切全由您安排。可是，能化装得那么像吗？我是说，您还这么年轻，而我已经是个老头子了，这……"

"哈哈哈……你还不知道我的本事，所以也难怪会有这种担心。那么，我这就露一手给你看看吧。"

所长一副胸有成竹的样子，给那个侏儒使了一个眼色。那侏儒马上就明白了他的意图，跑到房间一角，然后双手托着一个抽屉似的东西，回到他的面前跪了下来。

所长看看辻堂老人，又看看抽屉里的东西，然后开始了化装。

不过五分钟，当他再抬起脸来的时候，辻堂老人惊讶得连嘴都合不上了。

"这……简直太不可思议了！"

"哈哈哈……我这可不是一般的化装术啊。"

这回，就连声音都跟辻堂老人一模一样了。

所长又给侏儒使了个眼色，侏儒马上拿来了一套衣服。

"来，把衣服换下来吧，我还要借你的衣服用一下。"

于是两人又换了衣服，但是当两人再面对面地坐回到椅子上的时候，辻堂老人再也笑不出来了。

"现在就连我都分不清眼前的这个家伙跟自己有什么不一样的地方。如果他绑架真由美之后就此以我的身份霸占了那些黄金……"

想到这里，辻堂老人干笑两声，战战兢兢地问道：

"关于酬金……我想还是先谈妥比较好。"

"这个嘛……你也知道，我们是根据委托的难易程度决定酬金的。你的这个委托嘛……酬金有点高啊。"

"那……要高到什么程度呢？介绍我来的您的那个手下跟我说，一般是三千到一万日元，您看是不是……"

"哈哈哈……你还真是会白日做梦啊，哈哈哈……这么大一笔财富，你竟然想用这么点小钱打发我们！"

"那……那……您的意思……"

"我的意思……嘿嘿嘿……"

所长的笑声阴冷得犹如来自地狱，辻堂老人看着那张不断逼近的自己的脸，只觉得喉头发紧，连叫都叫不出来了。

就在这时，只听"啪"的一声，高大的靠背突然向前压了下来。几乎与此同时，坐垫忽地落了下去，辻堂老人瘦小的身体就像只虾一样被牢牢地固定在了那张椅子上。

这椅子竟然装有机关！

"哈哈哈……这就是我要的酬金，你的全部身家和那些黄金，哈哈哈……"

"等……等等，不管多少钱我都给你，快放我出去！"

辻堂老人惊恐地拼命挣扎。

"你这是自作自受！天底下哪有那么好的买卖？花这么点小钱就想独吞那么一大笔黄金。什么绑架事务所？那不过是为了引你上钩编的故事。哈哈哈……"

那人不再理会辻堂老人的挣扎、谩骂，捡起地上的皮包，夹在腋下，迈着和他一模一样的脚步，大摇大摆地走出了房间。

表　演

辻堂家，真由美正焦急地等着辻堂老人回家。

已经凌晨三点了，还不见辻堂老人回来。

"平常就算再晚，十二点之前也回来了，今天这是怎么了？连个电话也没打。虽说身子骨还算硬朗，但毕竟上了年纪了，真让人担心啊。要不要打电话报警呢？"

就在真由美焦急不安的时候，玄关传来了敲门的声音。

"啊，一定是爷爷回来了。可是，这敲门的节奏怎么跟平时不一样啊？"

尽管有些怀疑，可真由美还是连忙跑去开门。

"谁啊？"

"是我。快开门！快！"

门外传来了辻堂老人慌张的声音，让真由美吓了一跳。

"怎么了？"

真由美连忙开门把辻堂老人迎了进来。

"有个可疑的家伙跟踪我，好不容易才把他甩掉。快把门关上！说不定那家伙还在后面。"

真由美关门的时候往外瞥了一眼，但漆黑的夜色中什么也没看到。

"您是不是又疑神疑鬼了？外面明明什么都没有啊。"

"什么疑神疑鬼？肯定是被坏人盯上了。就是之前我跟你说过的那批黄金的事，恐怕被人知道了。搞不好他们要谋财害命啊！对了，最近报上不是经常有那个什么二十面相的报道吗？说不定就是那个家伙！"

辻堂老人一边喋喋不休地念叨着，一边跟跄着朝自己的卧室走去。真由美只好跟在他后面。

走廊面朝院子的一侧是一排玻璃窗，走在前面的辻堂老人突然停下来脚步，趴在窗户上朝外张望起来。

"您这是又怎么了？"

真由美见老人举止怪异，也上前顺着他的视线看去。

辻堂老人盯着的，是院子里的一片密林。明明没有风，树叶却发出了沙沙的声响。于是她又瞪大眼睛仔细看去。终于，她发现，树影里有一个模糊的黑影，正慢慢向走廊这边靠近。

夜色中，长相、穿着都看不清楚，但是可以肯定，那是个人。只是……明明只有十二三岁孩子的身高，脑袋却大得吓人，而且两只眼睛就像黑夜里的萤火虫，闪着绿色的光。

"啊——"

真由美吓得尖叫着扑进了辻堂老人的怀里。

"开灯！快开灯！"

辻堂老人推开真由美嚷道。

等真由美打开屋子里所有的灯，不知是被吓跑了还是另有什么打算，总之，那家伙慌慌张张地翻墙逃走了。

"好了，这下没事了。真由美，已经很晚了，你快回房去睡吧。"

辻堂老人似乎这才放下心来，安慰真由美道。

真由美回到自己的房间，明明已经累得不行，却翻来覆去怎么也睡不着。辻堂老人的怪异举动和院子里那个诡异的黑影走马灯似的在她眼前晃个不停。

就在真由美辗转反侧的时候，门外突然传来了很轻的脚步声，好像有人在蹑手蹑脚地走动。

"难道是院子里的那家伙又回来了？"

真由美吓得缩成了一团，在被子里瑟瑟发抖。

窸窸窣窣的声音在门外停了下来，然后门被一点一点地推开了一条缝。真由美吓得大气都不敢出，躺在那里一动也不敢动，装出熟睡的样子。那人看她好像睡得很熟，又悄悄地关上门，蹑手蹑脚地离开了。

"是谁？如果是贼的话，应该是去书房偷东西吧？"

书房就在走廊的尽头。虽然叫书房，但其实那里面根本一本书都没有，只有几本账册和一个大保险柜。

"保险柜……不好！"

保险柜里有密码本，要是被偷走的话，那些黄金就……

想到这里，真由美极力压抑着自己的恐惧，悄悄钻出被窝，踮着脚尖蹭出了房门。

书房里果然有人！走廊尽头的门缝下，忽明忽暗地透出了微弱的光。

真由美极力不弄出任何声响，慢慢地摸到了书房门口，就听到里面传来了翻找东西的声音。

真由美把眼睛凑到门缝上朝里窥视。

"怎么会？"

她险些叫出声来。竟然是辻堂老人！他就像疯了一样，把书房里所有的地方都翻了一遍，几大本账册被胡乱地扔在地上，就那么摊开着，不时被焦躁地走来走去的辻堂老人踩在脚下。

　　突然，辻堂老人像是下定了什么决心似的，大步朝大保险柜那里走去。来到保险柜前，他并没有像往常那样直接打开柜门，而是掏出了一个小本子，似乎在翻找什么，然后把本子翻到了某一页，好像是照着上面记的什么东西，开始转动保险柜的密码锁。

　　又反反复复地折腾了好一阵子，保险柜终于被打开了。

　　只见辻堂老人把保险柜里的东西一样一样地翻出来，仔细检查一番，然后就随手扔在了地上。直到他找出一个信封。真由美认识那个信封，密码本就放在那里面。

　　辻堂老人把信封里的东西拿出来看了看，然后就连同信封一起塞进了贴身的口袋里。

　　然后，辻堂老人的举止越发怪异起来。只见他打开书房的窗户，身手敏捷地翻到了院子里。不等真由美反应过来，他又从窗户翻了回来。只见他光着脚，脚上沾满了泥。他就那么在书房里走来走去，在地板上留下了许多泥脚印。

真由美实在无法理解自己亲眼看到的这一切，只觉得好像做了一场噩梦。她不敢惊动书房里的辻堂老人，战战兢兢地回到自己的房间，心惊胆战地缩在被子里，终于熬到了天亮。

天蒙蒙亮的时候，熬了一夜的真由美终于支持不住，昏昏沉沉地睡了过去。

"不好了！真由美，快起来！"

辻堂老人慌慌张张的叫声把真由美从梦中惊醒了。

"爷爷，爷爷，怎么了？"

真由美赶紧穿好衣服，循着辻堂老人的声音来到了书房。

"真由美，不好了！那份密码本不见了！"

辻堂老人声音颤抖地说道。

"那怎么可能。昨天晚上，爷爷不是把装有密码本的信封放在自己身上了吗？"

真由美险些笑着说出昨晚亲眼看到的那一幕，如果真是那样的话可就糟了。幸亏辻堂老人不等她开口，就迫不及待地拿出一张纸条递到了她面前。

"你看，果然是那个家伙！偷走密码本的就是二十面相。"

"二十面相……"

真由美半信半疑地接过纸条，只见上面十分潦草地写着：

密码本我拿走了。

二十面相

"真由美，快，快打电话报警！就说二十面相昨晚潜入我们家偷走了重要文件。"

说完，辻堂老人就像断了发条的木偶一样瘫倒在地。

鸟居岭

第二天下午，真由美在好朋友美香子的劝说下，拜访了明智侦探事务所，见到了侦探助手小林。

有明男爵宅邸的那场大火后，明智至今下落不明，事务所不得不靠小林和明智夫人维持。

"昨晚回来的那个辻堂老人肯定是假冒的。"

小林听完真由美的叙述后断言。

"难道是二十面相？"

"嗯，很有可能。真正的辻堂老人肯定被关押在什么地方，说不定已经被杀害了。"

"被杀害了……"

真由美被这可怕的推断吓坏了。

"可是，既然已经拿到了密码本，二十面相为什么还要留在你家呢？"

"说不定他还盯上了其他什么东西。毕竟辻堂爷爷非常有钱……"

"那我们为什么不趁机让警察抓住他？"

美香子在一旁插话道。

"那样的话，密码本就再也拿不回来了。而且我们必须假设辻堂老人还没遭他的毒手，如果二十面相被抓，说不定他的同伙就会真的杀害辻堂老人了。别忘了昨晚真由美小姐看到的那个黑影，那应该也是二十面相的同伙。这样吧……"

说到这里，小林忽然压低了声音，在真由美耳边低语起来。

"这……"

真由美越听越是惊讶。

天黑之后，真由美才回到辻堂家。

"怎么这么晚才回来？"

辻堂老人在书房里，好像在收拾行李准备外出。

"对不起。"

真由美一副垂头丧气的样子。

辻堂老人见状，突然变得温和起来：

"真由美，你明天请个假，就不要去学校了。"

"为什么？"

"我们明天就出发，去找那些黄金。"

"什么，我也一起去吗？"

"当然，你可是真正的继承人啊。"

"这么说，您已经知道那些黄金藏在什么地方了？"

"嗯，这么长时间以来，我一直废寝忘食地研究这密码本，其实早在几天前就已经成功破译了，只是想要做好万全的准备再出发。但是昨晚，二十面相偷走了密码本，以他的才智，恐怕要不了几天就能找出藏黄金的地点了。所以，我们不能再等了，必须抢在他前面找到那些黄金。"

"原来如此。那些黄金到底在什么地方？我们明天要去哪儿？"

"现在还不能告诉你。当心隔墙有耳，别忘了还有昨天院子里的那个家伙，说不定他现在就潜伏在什么地方偷听呢。"

辻堂老人一边说，一边装模作样地看向院子。

第二天，真由美跟着辻堂老人来到新宿车站，乘上了去松本的列车。向来吝啬的辻堂老人这次竟然破天荒地买了两张头等车厢的车票。

"松本的话，难道是信州一带的大山里？"

真由美忍不住胡思乱想。

列车驶过甲府，停在韭崎车站的时候，辻堂老人催促真由美下了车。

韭崎是山梨县一个十分偏僻的农村车站。出了车站，两人好不容易才拦下了一辆出租车。

"去鸟居岭。"

辻堂老人对司机说。

"客人，现在去鸟居岭的话，等到了可就是晚上了。"

司机好心提醒道。

"这你就不用担心了。我是研究生物学的，去山上采集标本，现在是最好的时候。"

“原来您是位生物学家啊。但是，你们回程的时候要怎么办？”

“我经常去那一带采集标本，跟那里的猎人们关系很好，借住一晚不成问题。”

辻堂老人漫不经心地答道。

暮色降临的时候，出租车停在了鸟居岭山脚。

“怎么样？真由美，在东京可见不到这样的景色。”

两人下了车，辻堂老人步履矫健地走在前面，带着真由美走进了暮色渐浓的大山。

进山走了两个多小时后，夜幕已经完全笼罩了大山。脚下的山路也越发崎岖难行。真由美实在坚持不了了，背着硕大的旅行包坐在了路边的一处山岩上。

“爷爷，我实在走不动了，我们歇会儿吧。”

“再坚持一下，马上就到了。”

辻堂老人竟然毫无倦意，依然健步如飞。

“还要走多远？”

“没多远了。”

"这么说我们马上就能找到那些黄金了？"

"黄金不在这里。"

"什么？我们不是来这里找黄金的吗？"

"哈哈哈……我们可不是为这事来的。"

"什么？难道还有别的事？"

"当然，真由美，你好好看看我。"

说着，辻堂老人就像变魔术似的，三两下就扯下了脸上的各种伪装，月光下，出现在真由美面前的是一张年轻俊美的脸。

"啊，你是……"

"我就是二十面相。"

不知什么时候，辻堂老人原本一直弓着的背也已经挺得笔直。但出乎他意料之外的是，真由美见状并不慌张，反而站起身来，面带微笑地看着他。

"那么，二十面相先生，你把我带到这里有什么事吗？"

"当然。我受辻堂老人的委托，带你去大暗室。"

"大暗室？"

"对，你回头看看，就是这陡峭山崖下的万丈深渊。"

"这么说，你要把我从这里扔下去？"

"一点不错。"

"我可不会这么容易就遂了你的心愿。"

突然，真由美的声音也变了，变成了男人的声音。

二十面相大吃一惊，疑惑地看着那张脸。

就在这时，真由美放声大笑起来：

"大曾根，你什么时候变成二十面相的？"

"什么？这声音……你是小林芳雄？"

被一语戳破真实身份的大曾根满脸的难以置信。

"还真没想到，能在这里见到你啊，大曾根。你这化装水平不赖嘛。"

小林说着摘下了假发和面具。

"哈哈哈……看你这高兴的模样，难道还想回东京？"

"当然。"

"嘿嘿嘿……我可不光是化装在行，昨天真由美去侦探事务所的事我一清二楚。"

"你说什么？"

"昨晚你化装成真由美回到辻堂家的时候，就已经被我识破了。带你到这里来，就是为了在这里结果了你。"

二十面相说着一步步向小林逼近。

"可我不是有明京子或者真由美，怎么可能就这么让你得逞？"

小林摆开了迎战的架势，警惕地盯着对手的一举一动。

"哈哈哈……就连明智小五郎都已经葬身火海了，你还能怎么样？"

搏 斗

鸟居岭上荒无人烟，小林的背后就是深不见底的峡谷，只要稍有不慎，就会粉身碎骨。

二十面相掏出手枪，满脸不屑地嘲讽道：

"怎么样？除非你会飞，不然就在这里跟这个世界告别吧。"

没想到小林丝毫不以为然：

"哈哈哈……你是不是只能靠这玩意儿给自己壮胆啊？不过不巧，恐怕这回不大好用啊。"

"你说什么？"

二十面相怒喝道，同时扣动了手枪的扳机。然而"咔嚓"一声之后，并没有子弹射出。

"哈哈哈……都告诉你这回不好用了。你看。"

小林说着摊开了手掌，只见六颗子弹一颗不少。

"在火车上我就已经发现你的枪了，还把子弹都退了出来。你竟然一点都没有发现，看来你也老了啊。哈哈哈……"

"混蛋，你以为这样就没事了吗？"

二十面相把手枪扔向小林，同时一矮身扑了上来。

两人扭打在了一起。在人迹罕至的山道上，两人像两头野兽似的在地上翻滚厮打。

小林毕竟不是二十面相的对手，很快就被压在了下面，而且就在悬崖边，只要稍一侧头，就能看到漆黑的峡谷。

啊，不好！

小林心头大惊，膝盖尽力收在胸前，然后使出全身的力气猛地一蹬。只听二十面相一声惊呼，竟然被小林腾空甩了出去。

"糟了！"

小林只是想捉拿二十面相归案，从没想过杀死他，刚才也是在千钧一发之际不得已而为之，此时见二十面相坠落深谷，连忙起身趴在悬崖边向下看去。

"我在这里，在这里……快……快拉我上去。"

没想到二十面相竟然抓住了峭壁上横出的一棵小树。但此时他只能竭尽全力不让自己摔下去，想要爬上悬崖已经不可能了。

"哈哈哈……这个样子可不像绝世大盗二十面相啊。"

小林见他暂时没有生命危险，忍不住嘲讽道。

"喂，如果我死了，辻堂老人就会活活饿死。你要救他，就得先救我！"

二十面相依然不甘示弱。

"好吧，我可以救你上来。但是你要保证，把辻堂老人安全地送回家，并且绝不再觊觎这些黄金。"

二十面相还想嘴硬，但那棵小树已经开始发出"吱吱嘎嘎"的声音，随时都有可能断裂。

"好，好，我都答应。快救我上去吧。"

"那密码本呢？"

"在……在我身上。"

"什么，在你身上？"

"这密码本可关系着令人咋舌的财富，我怎么可能放心放在其他地方。我现在已经是命悬一线了，怎么可能对你撒谎呢？"

"那……好吧。"

小林拿出随身带着的绳索，在山道上找了一棵大树，把绳索的一头牢牢绑在树干上，然后把另一头扔了下去。

"谢……谢谢……谢谢……"

二十面相抓着绳索爬上来后，连站起身来的力气都没有了，只是趴在地上大口地喘着粗气。

又休息了好半天，两人才勉强恢复了一些体力，下山回到了韭崎车站，坐上了最近一班返回东京的列车。

脱　身

　　车厢里，已经筋疲力尽的两人面对面瘫坐在座位上，好半天都一句话不说，只是默默地看着车窗外的景色。

　　终于，小林先开口了：

　　"密码本该给我了吧？"

　　"没问题，我既然已经答应了不再打那些黄金的主意，再留着这东西一点用都没有了。"二十面相说着把手伸进了上衣内侧的口袋，随即脸色大变，在身上慌乱地摸索起来，"糟了，密码本不见了！"

"什么，不见了？"

小林当然没那么简单相信他。

"原本就在这个口袋里的。说不定是在山道上打斗的时候掉出来，掉到山谷里去了。"

"真的？"

"事已至此，我再撒这种谎又有什么用呢？而且，虽然我还没有完全搞清楚那密码，但其实密码本身只是很简单的一句话，辻堂老人研究了这么长时间，肯定早就清清楚楚地刻在脑子里了。"

"那好，现在最重要的是救出辻堂老人，我们就先回东京吧。"

两人又重新陷入了沉默。

"我去一下洗手间。"

二十面相说着站了起来，小林立即跟了上去，就在洗手间门外等他出来。

过了一会儿，二十面相出来了，跟着小林回到座位上，还是一言不发。

突然，列车拉响了汽笛——要进入隧道了。

车厢里漆黑一片，大概是这隧道不长，所以车厢里的灯并没有亮起来。

果然，不一会儿，列车就通过了隧道，车厢里又亮起来了。

但是小林却大惊失色——原本坐在他对面的二十面相不见了！在这飞驰的列车上，他又能逃到什么地方去呢？就在二十面相的座位上，放着一张写满字的纸。小林连忙拿起那张纸看了起来，字迹十分潦草：

　　最后的胜利还是属于我的。密码本就在我身上，既然你那么相信我，没有搜我的身，那我就带走了。当然，辻堂老人也就不用交还给你了。还有，我们不在东京的这段时间里，我已经安排手下把真由美带到我那里了。一会儿，列车就要进入隧道了，我们就在那里告别吧。

　　顺便说一句，这封信是我在洗手间里写给你的。还要你在门外把守，辛苦了。

小林悔恨交加，但已经追悔莫及了。就算现在让列车紧急停车，也不可能再找到二十面相的影子了。只能等到下一个车站打电话报警，让中村警部派人去追捕了。

列车一到站，小林就迫不及待地跳了下来，直奔站长室。他拨通了中村警部的电话，简单地把事情的经过说了一遍。中村警部立即部署警力，在隧道附近展开了地毯式的搜索。但别说二十面相了，就连一个脚印都没有发现。

绑 架

　　小林安排真由美留在了明智侦探事务所，然后自己化装成她的样子回到了辻堂家。

　　"放心吧，你在这里很安全。你来这里的事只有美香子知道。况且还有文代夫人在，不会有危险的。"

　　即便如此，真由美还是提心吊胆，特别是到了晚上，在床上翻来覆去怎么也睡不着。一会儿担心辻堂爷爷，一会儿又怕小林遇到什么危险。第一天晚上就在辗转反侧之中熬了过去。

　　第二天晚饭后，一阵急促的电话铃声响了起

来。文代夫人接起电话，没说几句就紧张起来：

"什么？你说什么？好，好，我马上赶过去。"

放下电话，文代夫人转向真由美，满是歉意地说：

"真是对不起，刚才来电话，说有明智的消息，我要马上赶过去。只好委屈你自己在这里待一晚上了。明天小林肯定就会回来了，在他回来之前，不管发生什么事，你都不能离开这里，明白了吗？"

文代夫人交代完这些，匆匆收拾行李，叫了一辆出租车离开了。

文代夫人一走，真由美立即陷入了恐慌，开始不受控制地胡思乱想。

"要是有坏人闯进来可怎么办……"

这一带十分僻静，到了晚上更是连个行人都没有。真由美好不容易熬到九点钟，无论如何也坚持不下去了。钟表"滴答滴答"的声音简直就像水滴一滴滴地滴在她的心上，快要把她逼疯了。

"要不，我找美香子来陪我吧。"

这个想法简直成了她的救命稻草。她连忙给美香子打了电话。

"是吗？文代阿姨她……好，我这就过去陪你。"

真由美放下电话，好像心里也踏实了些。为了招待特意赶来陪自己的好友，她来到厨房，准备煮一壶热乎乎的咖啡。

就在真由美在厨房里准备咖啡的时候，她借宿的房间的天花板上突然发出了一阵奇怪的声响，紧接着一块天花板被拿了开来，露出一个黑黢黢的洞口，一双眼睛闪着贼光，躲在上面向房间里窥视。

那家伙应该是一直躲在天花板的夹层里，就等着真由美离开。确认房间里没人之后，一张大脸从天花板上探了出来——正是那个侏儒。

真由美把煮好的咖啡放在托盘里，端着回到了房间，却发现不知什么时候灯灭了，房间里漆黑一片。

"难道是灯坏了？"

真由美摸索着把托盘放到桌上，正要转身去找手电，突然被什么人拦腰抱了个结结实实。

"啊——"

真由美吓得尖叫起来，却怎么也挣脱不开。

"嘿嘿嘿……"

侏儒阴恻恻地笑着，死死地抱着真由美。

与此同时，美香子正在出租车上焦急地催促着司机。

"快，请再开快点。"

就在出租车拐过明智侦探事务所前最后一个路口的时候，美香子突然发现，一个大箱子被人从事务所二楼的窗口推了出来。

"难道是小偷？"

想到这里，美香子连忙让司机停了车。

再仔细一看，那大箱子上还绑着绳索，好像准备从上面一点点地吊下来。二楼的房间里没有亮灯，只能影影绰绰地看到一个黑影。窗下的小巷里站着一个高大的男人，好像是在等着接那大箱子。

美香子让司机把车停在路口，不要熄火，自己悄悄摸了过去。

"喂，你在这里干什么？"

等来到站在小巷里的男人背后，美香子冷不防大声问道。

那人被吓了一跳。等看清来人不过是个小姑娘，顿时松了口气。

"我们是受明智夫人的委托，要把这箱子送到车站。"

"你说是明智夫人？可是，为什么要从窗口吊下来？"

"这箱子太大了，从屋里搬来搬去太麻烦，还是这样更方便。"

两人说话间，箱子已经吊了下来，那人不再跟美香子多说，把箱子扛在肩上离开了。

"真由美——真由美——"

美香子满腹狐疑地来到玄关敲门，连喊几声，没有人来开门，却听到"嘭"的一声，好像是二楼的窗户重重地关上了。

"不好！"

美香子反应过来，连忙去追刚才那个男人。等她再绕到屋后的时候，那人已经扛着箱子来到前面的一个路口。路口的阴影里停着一辆黑色的汽车，那人正把箱子往后备厢里塞。

美香子连忙往回跑，上了还等在路边的出租车。

"快！追上那辆车！"

美香子焦急地大声说道。但司机一点反应都没有。她又连叫了几声，终于忍不住伸手拍了拍司机的肩膀，没想到司机竟然直挺挺地倒了下来。

"啊——"

寂静的街道上响起了美香子的惨叫。

钟　摆

真由美感觉自己好像沉在水底，在遥远的水面上，好像有人正在叫自己。

"喂！喂！"

声音越来越大，好像有人朝自己游了过来。

奇怪，那人怎么能在水里出声？

"喂！醒醒，快醒醒！"

声音更大了，简直就像在自己的耳边大喊。与此同此，自己仿佛被卷进了漩涡里，剧烈地摇晃起来。

终于，真由美猛地睁开眼睛。

"这下好了，终于醒了。小姐，你可得打起精神来！要不我们就不好交差了。"

这声音……对了，是那个侏儒。

又过了好一会儿，真由美的眼睛才适应了眼前的黑暗。

不错，虽然在黑暗中看不真切，但这身高，这么大的脑袋，一定就是那个侏儒。

这里当然不是什么水底，但十分阴冷，身下是冰冷潮湿的土地。那侏儒就蹲在她身旁，一双小眼睛闪着贼光，阴恻恻笑着的嘴角里甚至有口水流下来，两只小手亢奋地来回搓着。

"嚓"的一声，划火柴的声音，侏儒点亮了一根蜡烛。

"看来是我昏迷的时候被他们带来了这里。但是我到底昏迷了多长时间？这里又是什么地方呢？"

真由美最想知道的问题偏偏都没有答案。

"这里是什么地方？你是谁？为什么要把我带到这里来？"

"嘿嘿嘿……你问我们老大吧，他马上就要回来了。"

"老大？是二十面相吗？"

侏儒不再说话了。

"对了，辻堂爷爷，你们是不是也绑架了辻堂爷爷？"

侏儒还是一声不吭。

"喂，你说话啊，我在问你呢！"

"真由美小姐，你那么想见你的辻堂爷爷吗？"

突然，黑暗里传来另一个人的声音，是辻堂老人的声音。但是随着这声音从黑暗中走出来的，却是一个年轻男人。

"真由美小姐，我就是二十面相。"

"啊，果然是你化装成了辻堂爷爷。"真由美说到这里突然愣住了，"你……你在这里，也就是说，小林……"

"哈哈哈……你是说小林？他已经死在深山里了。"

"什么……"

"别害怕，我不会把你也杀了的。请你来是有

097

其他事情。"

"我不会解那密码本！"

"哈哈哈……你是说那密码本？那东西太简单了，我只用了一晚上就解开了。"

"那你为什么还要绑架我？"

"我是想让你看清真相。你一直挂念的辻堂爷爷一心想要除掉你，好独吞那些黄金。我之所以能够绑架他，是因为他自己找到我，想要委托我杀掉你。"

"我不想听这些，我不信！"

"在我得到那些黄金之前，是不会放你离开的。至于绑架你嘛，也是你辻堂爷爷的委托。"

"你胡说！辻堂爷爷不可能那样做！"

"我说的可都是真话，不信的话你自己问他吧。"

"辻堂爷爷在哪里？"

"我现在就带你去。"

二十面相从侏儒手中接过那支蜡烛，在前面带路，真由美跟在后面，再后面是那个侏儒。这里好像是个洞窟，头顶不时有冰凉的水滴滴下来。

走出不多远，二十面相停下了脚步：

"就在这里，你自己看吧。"

说着，他把蜡烛凑近了一个木箱。

"什么？在这木箱里……"

真由美万万没想到，辻堂爷爷竟然被关在了这么小的一个木箱里。

"为什么……为什么……"

心地善良的真由美此刻忘了自己同样身处险地，伏在木箱上哭了起来。

"唉，真由美小姐，你哭什么啊？这个老家伙可是想要杀了你，还想霸占你祖上留下的黄金。"

"真由美……你……你千万别相信这家伙，我怎么会是那种人呢？他根本就是满口胡言……快……快把我救出去，钥匙……钥匙就在他身上。"

辻堂老人被关在狭小的木箱里，根本喘不过气来，但还是拼尽全力挣扎着，想要赢得一线生机。

真由美被辻堂老人的惨相激起了强烈的斗志，猛然转身扑向了二十面相。猝不及防之下，二十面相手里的蜡烛掉在地上熄灭了。

"啊——"

黑暗中，就听二十面相一声惨叫。

侏儒连忙趴在地上四处摸索，终于找着蜡烛，重新点了起来。只见二十面相捂着受伤的手臂，原来是真由美刚才狠狠地咬了他一口。

"哼，不识好歹，居然还帮着那个老家伙！"

二十面相恶狠狠地盯着真由美，然后转身对侏儒吩咐道：

"把她也关起来！"

侏儒立即向她逼了过来，真由美还想反抗，却被二十面相一掌击在后颈，昏死了过去。

不知过了多长时间，真由美再次醒过来时，发现自己已经被绑在了什么硬邦邦的东西上，除了右手，身子一动也不能动。

就在这时，她突然听到自己的肚子咕咕叫了起来，毕竟再怎么恐惧，不吃东西的话，该饿的时候总是会饿的。

"难道那家伙想要把我活活饿死在这里？"

不，等待真由美的，是更可怕的折磨。

狭小的暗室里好像有一丝微光，真由美努力扭头，发现就在她身边点着一盏油灯，灯光如豆，摇曳着像鬼火一般。

就在那油灯旁边，好像有一个盘子，盘子里放着几个饭团。

"看来他还不想就这么把我饿死。"

真由美竭力伸长唯一能动的右手，刚刚能够到盘子里的饭团。极度的饥饿让她顾不得多想，只想尽快把饭团塞进嘴里。

突然，真由美"啊"地尖叫起来——被她抓在手里的不是饭团，而是毛茸茸的活物。那东西在真由美的手里拼命挣扎，然后狠狠地咬了她一口。

真由美本能地把那东西尽可能地远远扔了出去，这才看清，原来是一只老鼠。等等，不，不是一只，围着那装着饭团的盘子的，还有一只，两只，三只，四只……数不清的老鼠挤挤挨挨，似乎被真由美的叫声吸引了注意力，正向她这边涌来。

"啊……"

真由美再次声嘶力竭地尖叫起来。她拼命挥舞着唯一能动的右手，想要阻止老鼠们靠近，但根本无济于事，最后只能强迫自己看向上方的黑暗，尽量不去关注越来越多的老鼠。

"那……那是什么？"

黑暗的半空中，有什么巨大的物体带着破风声来回摇摆着。像是钟摆，但比真由美见过的最大的钟摆还要大得多。虽然看不很清楚，但是直径至少有一米，油灯微弱的光映照在上面竟然微微泛着幽幽的蓝色。

真由美来不及多想，比起这诡异的大钟摆，近在咫尺的老鼠才是她最害怕的。于是她继续拼命挥舞右手，同时尽量扭动身体，想要尽可能地远离那些老鼠。

突然，余光中的一丝蓝芒吸引了她的注意力，再次看向上面的时候，真由美不禁大吃一惊——那巨大的钟摆竟然在不知不觉间缓缓下降，现在离她只有不到两米了。

这下她终于看清了那蓝光是怎么回事，原来那钟摆下是锋利的刀刃！

破风之声越来越响了，真由美盯着渐渐逼近的巨大钟摆，大脑陷入了短暂的空白。

她竭力让自己清醒过来。

"再这样下去，要不了多久，我就会被这巨大的钟摆分尸了。怎么办？对了，这样……如果顺利……"

真由美下定决心，一把抓过盘子里剩下的饭团，涂抹在了捆绑自己的绳索上。然后，她一边祈祷，一边瞪大眼睛盯着老鼠们，这些原本她无比厌恶的小东西此时竟成了她最后的希望。

一只老鼠循着饭团的香味爬上了真由美的身体，一番试探后，见真由美没有反应，开始大口地啃起粘在绳索上的饭团。然后又有一只，两只，三只……真由美的身上很快爬满了老鼠。

真由美双眼紧闭，竭力坚持着不让自己叫出来，同时不住地祈祷着。

终于，她听到了这辈子最美妙的天籁，"啪"的一声，一根绳子被咬断了，然后是第二根，第三根……真由美一把扯下留在身上的断绳，一翻身滚到了一旁。

啊，终于得救了！

就在真由美庆幸自己捡回一条命的时候，一双眼睛正在黑暗中的窥视孔里把所有的一切看得清清楚楚。

短暂的寂静之后，暗室里竟然有了更多的光。真由美向有光的地方看去，刚刚稍稍松弛下来的神经又一下子绷得紧紧的。

那是什么？

真由美吓得双手死死捂住自己的嘴，却连叫都叫不出来了。

一只足有两人高的大蝙蝠，浑身灰色的长毛，两条枯树干似的腿，爪子像锋利的刀刃，正张着巨大的翅膀，仿佛马上就要扑上来似的。更恐怖的是，那只大蝙蝠居然长了一张人脸！

真由美想逃，但是这漆黑狭小的暗室里根本无处可逃。只能眼睁睁地看着那只大蝙蝠就这么一点点地逼了过来。

真由美胡乱地挥舞着双手，脚底下不由自主地连连后退。终于，残存的最后一点理智让她意识到，那根本不是什么怪物，只不过是墙上的壁画而已，在灯光的映照下像是活过来一般。

但是紧接着，真由美就意识到了更大的危险。如果这是壁画，怎么会不断向她逼近呢？只有一种解释，这墙壁正在移动，这样下去，自己岂不是要被活活挤死在这里？

求生的本能让她即便明知无路可逃，还是想要尽量延长自己的生命。于是，她一步步地往后退去。

突然，真由美只觉得脚下一空，身体不受控制地向下直坠而去，就像跌入了无底的深渊。

黑色漩涡

　　小林回到东京后，立即赶回了明智侦探事务所，但是不要说真由美，就连文代夫人也不见了踪影。

　　就在警方对案件毫无头绪的时候，中村警部接到了一个意想不到的电话。

　　"是的，我是中村……"

　　刚说了这么一句，中村警部就脸色大变。那声音，绝对是二十面相那家伙。

　　"中村警部，我想你应该已经听出我是谁了。"

　　"当然，你这个时候打来电话到底想干什么？"

　　"哦，不要那么紧张，我是特意告诉你一个好消息的。"

"好消息？"

"是啊，伊贺屋的那些黄金我已经找到了。"

"不用我提醒你吧？那些黄金可不是属于你的。"

"哈哈哈……这又有什么关系呢？黄金现在在我手上，而没有了明智小五郎那家伙，你们警方根本不能把我怎么样。这些黄金我想怎么用就怎么用，你现在根本拿我一点办法都没有吧？哈哈哈……"

"那你到底想用那些黄金干什么？"

"这个嘛……告诉你也无妨。我准备把这些黄金尽数用在建设我的大暗室上。"

"大暗室？"

"是的，大暗室。建成之后，那将是天下第一的私人美术馆。"

"天下第一的私人美术馆？好大的口气。你都准备了什么藏品？"

"藏品嘛，现在还不能告诉你。如果感兴趣的话，就请再稍等几天吧。倾尽我所有心血和全部财富的大暗室将在除夕之夜正式落成，到时敬请光临。"

"我一定会去的。去把你和你所有的爪牙一网打尽；把所有的赃物都追回来，物归原主。"

"哈哈哈……那我就恭候大驾光临了。"

"还有，既然你已经得到了黄金，真由美小姐对你来说已经没有什么价值了，是不是可以放她回家了？"

"你在说什么呢，怎么可能就这么放她走？"

"你再这么执迷不悟可是要罪加一等的。"

"哈哈哈……罪加一等？那对我来说又有什么意义呢？我今天打电话来，除了告诉你那个好消息，还有一件事要提前通知你。"

"难道你还打算继续犯罪？"

"真由美一个人在大暗室太孤单了，所以，我打算再带一个姑娘来陪她，哈哈哈……"

"什么？你说什么？"

"人选我已经选好了，就是松岛奈良子。"

"松岛奈良子？就是那个新近的偶像歌手？"

"哟，看来她果然很有名啊，竟然连你也知道。"

"我一定不会让你得逞的！"

"警方又能怎么办呢？很快，东京上空就会被一团黑色的漩涡笼罩了，到那时……哈哈哈……"

"喂，听我说！"

"我明白你的意思，无非是想拖住我，好查明我现在的位置，然后派人来抓我，对吧？不用那么麻烦，我这就告诉你，我是在E报社编辑部给你打的电话。不过，就算你现在马上派人来也晚了，我可没那么多时间在这里陪你闲聊。那么，中村警部，再见了。"

二十面相挂断电话后，中村警部立即派人包围了E报社大楼。但无论行动如何迅速，那也是十几分钟后的事情了。

与此同时，刚刚回到办公室的记者近藤，发现自己的办公桌前坐着一个陌生男人，好像是刚刚放下电话。

"喂，你是什么人，怎么会坐在我的座位上打电话？"

"呵呵呵……如果我是你，就会说话客气点。"

那人不急不慢地转过身来，手上黑洞洞的枪口对准了近藤。

"啊！"

近藤大惊失色。

"别紧张，只要在我离开这里之前老老实实地待着，就不会有事。听明白了吗？"

近藤已经被吓坏了，只能机械地不住点头，一句话也说不出来。

"很好，那么，再见了。"

那人说完就消失在了办公室门外。

直到这时，中村警部派来的警官才冲上了报社大楼，逐个办公室地排查。近藤虽然向警方说明了刚才的经过，但对于那个男人的下落却毫不知情。

"电梯上顶楼了！"

就在大家一筹莫展的时候，突然，一名警官大喊道。

二十面相总是喜欢在高楼大厦的楼顶以意想不到方式脱身，肯定是他！于是，一众警官连忙冲向了楼顶。

就在他们冲上楼顶的同时，一架直升机从楼顶平台升空了。

"混蛋，竟然有直升机！"

警官们束手无策了，只能眼睁睁地看着直升机越飞越高，然后向银座大街上空飞去。

不一会儿，银座大街上熙熙攘攘的人群就都看到了诡异的一幕。一架直升机拖着滚滚黑烟在空中不住盘旋，画出了一个巨大的黑色漩涡。

圣诞演出

　　当天，中村警部亲自来到松岛奈良子家。

　　"奈良子小姐，二十面相发出了犯罪预告，要绑架你。从今天开始，我们要派人二十四小时保护你，还请你配合。"

　　"可是，再过几天的圣诞晚会，我已经答应了要登台演出的。"

　　"圣诞晚会？在什么地方？"

　　"丸内剧场。那是对我很重要的演出，我一定要登台的。"

　　"这……"中村警部犯了难，"虽然明智不在，

112

但说不定小林也……"

中村警部简单地跟奈良子介绍了小林的情况和自己的想法。

"小林芳雄？我知道他。是大侦探明智小五郎的得力助手吧？如果真的能够请他来帮忙，那就再好不过了。"

奈良子很爽快地答应了中村警部的提议。于是，中村警部立即给明智侦探事务所打去了电话，找小林商量保护奈良子的相关事宜。

"其实这些天我一直都在关注着事件的进展，银座上空的黑色漩涡我也已经知道了，只是没想到那家伙这次的目标竟然是奈良子小姐。我正要找二十面相再较量一番呢，中村警部，谢谢您给了我这个机会，我一定全力以赴。"

放下电话，小林驾车来到了松岛奈良子家。

"奈良子小姐，如果你一定要去丸内剧场演出，倒也不是没有办法。"

"什么办法？"

"我来做你的替身。"

"什么？"

"这里和剧场都有警方的层层保护，二十面相就是再神出鬼没，也不可能在这种情况下带走你。最危险的其实就是从家里到剧场的路上。我化装成你的样子，前往丸内剧场，吸引二十面相的注意力。你则化装后混在人群里另行前往。到了剧场后台再恢复本来的样子，准备登台演出。"

"可是，让你去吸引二十面相的注意力，这对你来说是不是太危险了？"

"没关系，我正等着跟他一较高下呢。"

"还有，你化装成我……"

"奈良子小姐，我明白你的担心。放心吧，我受过明智先生的专业训练，男扮女装不算什么，没问题的。如果你还是不放心的话，请借我化妆间和你的几件衣服一用，我这就证明给你看。"

大约三十分钟后，化好装的小林重新出现在了奈良子面前，奈良子看得目瞪口呆。

"这简直就跟照镜子一样。小林先生，你的化装术简直太高超了。"

于是，小林提出的方案获得了通过。

演出当天，傍晚时分，一辆汽车驶出松岛家，车上坐着的正是化装成奈良子的小林。又过了一会儿，松岛家的后门走出了一个一身学生装的年轻人，那当然就是化装后的松岛奈良子。

丸内剧场外车水马龙，忙着维持交通秩序的警官们忙得满头大汗。赶来观看演出的观众们更是摩肩接踵。唱片公司宣布，二十面相扬言要绑架的偶像歌手松岛奈良子今晚将按照原计划登台演出，顿时成了社会上的热门话题。不但奈良子原本的歌迷，就连之前对她不甚了解的普通市民也被勾起了十足的好奇心，都想看看被二十面相盯上的到底是个什么样的女孩子。

观众们检票进入剧场的时候，都拿到了当晚的节目单。

"这是怎么回事？"

一名奈良子的歌迷大声惊呼道。只见节目单上奈良子的名字上，不知被什么人用黑色墨水画上了凌乱的黑色漩涡。

其他人搞明白情况后，也连忙低头去看自己手里的节目单，竟然每一个人手中的节目单上都有黑色漩涡。

就在大家疑惑不解地议论纷纷的时候，剧场广播里响起了二十面相的声音：

"各位，今晚，你们将要亲眼见证松岛奈良子最后的演出。因为我就要带她回我的大暗室了，哈哈哈……"

整个剧场里只有二十面相得意洋洋的笑声在回荡。

不知是谁惊叫了一声，随即整个剧场乱成了一团。

就在这时，剧场广播里又传来了女播音员的声音：

"各位，请镇定，请镇定！刚才只是录音，警视厅的警官们已经展开搜查，一发现可疑人员会立即逮捕，请各位不要担心。演出马上就要开始了，松岛奈良子小姐已经安全抵达后台，正处于警方的保护之下，稍后就会上台与各位见面。"

大家听说警视厅已经派来了大批警力，又听说松岛奈良子已经安全抵达后台，稍后就会登台演出，总算松了一口气，于是又开始继续检票入场。

　　中村警部把带来的警力兵分两路，一路展开搜查，一路保护奈良子。

　　被派去搜查的警官们百思不得其解，谁也不知道那录音是什么时候换上的。还有节目单上黑墨水绘制的黑色漩涡，也一点头绪都没查出来。

　　就在这时，演出开始了。幕布缓缓升起，松岛奈良子出现在了舞台上。

　　"奈良子小姐！奈良子小姐！"

　　观众席上掌声、欢呼声、口哨声顿时响成了一片。

　　松岛奈良子拿着话筒，对着观众席深深鞠了一躬，然后才说道：

　　"各位，让大家担心了！请接受我衷心的谢意。就像大家见到的这样，我现在非常好，大家的支持和保护给了我无穷的勇气，我一定会继续为大家献上精彩的表演。"

热情洋溢的致辞引得台下掌声雷动。

突然，剧场里的灯全都熄灭了，就在大家不知所措的时候，一盏追光灯打在了舞台上，白色的光圈里，奈良子开始了演唱。

漆黑一片的剧场里，追光灯下奈良子马上成为了全场的焦点。大家明白了刚才不过是虚惊一场，正要松一口气，却见台上的奈良子突然"啊"地惨叫一声，倒在了舞台上。

这一幕发生得太突然，以致台下的观众们根本就没反应过来，不知道这是演出的安排还是其他什么，所以就连惊呼声都没有。

"降幕！快，快把幕降下来！"

导演大喊道。

只见奈良子胸口插着一支箭，倒在了地上。

与此同时，舞台下的隔层里，两个工人打扮的家伙正借着微弱的灯光，把一具跟松岛奈良子一模一样的蜡像从一个大箱子里搬出来。然后又把什么东西搬进了箱子里。

"好了，我们走。"

另一个人答应一声，两人抬起大木箱，穿过舞台下的通道，从剧场后台的紧急出口溜了出来。早已等在那里的一辆黑色汽车也不开灯，就那么悄悄地停在了两人跟前。两人把箱子抬上车，然后也钻进车里，就这么神不知鬼不觉地离开了。

　　只是他们都没有发现，附近街角的黑影里，一个毫不起眼的老乞丐一直盯着他们的一举一动。等汽车消失在夜色里，那个老乞丐才从黑影里走出来，急匆匆地从后台的紧急出口进了剧场。

蜡　像

　　剧场里，降下的幕布后，一个工作人员跑到倒在舞台上的松岛奈良子身边，抱起她直奔后台而去。

　　"喂，别碰尸体！"

　　"什么尸体？松岛奈良子小姐还活着呢！快叫医生！"

　　赶来阻止他的警官反倒被指使去找医生了。

　　随后赶到后台的中村警部焦急地问道：

　　"奈良子小姐的伤势怎么样？"

　　那个工作人员示意他小声点，然后压低声音对他说：

"伤势很重，但还不致命。我已经给她先上了止血的药。在医生赶来之前就让她好好休息吧。"

"嗯，也好。那支箭呢？"

"我拔出来后就顺手扔在舞台上了，我这就去找回来。"

就在这时，一个老乞丐挡在了他的面前：

"不用了，我已经拿来了。"

"喂，你是什么人？怎么可以不经许可就进入后台？"

那工作人员斥道。

"你手上拿着的箭是重要证据，请交给我！"

中村警部说着来到了老乞丐面前，向他伸出了手。

"证据？难道你们还没发现这不过是个道具而已。"

"道具也好，随便别的什么也罢，这东西可是的的确确射中了松岛奈良子。"

"你说这支箭射中了松岛奈良子？"

"当然，在场的所有人都亲眼看到的。"

"你好像还没明白这是个圈套。"

"什么？你说是圈套……"

"这是魔术表演中常用的道具。你看。"

老乞丐说着把手上的箭递给了中村警部，还满不在乎地把箭尖在手掌上戳了戳。

"这是……"

"箭尖是假的，而且是可以伸缩的，只要碰到身上就会缩回去的。如果目标上有特殊的黏性材料，就会像射中一样牢牢固定在上面。"

"原来是这么回事。但松岛奈良子当时确实中箭倒地了啊。"

"这个嘛……你最好看看躺在那里的松岛奈良子吧。"

中村警部连忙来到松岛奈良子身边，只看了一眼，就一把掀掉了盖在她身上的毯子。

"蜡像！"

"这下明白了吧。那只不过是具蜡像而已，哪还需要叫什么医生。"

"你到底是谁？难道……"

中村警部目不转睛地盯着老乞丐。

"哈哈哈……中村君，你终于开窍了，哈哈哈……"

老乞丐大笑着，除掉了脸上所有的伪装。

"明智，果然是你！"这突如其来的惊喜让中村警部喜出望外，"我就知道，你可没那么容易死。不过现在，还是请你先解释一下，松岛奈良子是怎么变成蜡像的。"

"说穿了这也没什么。表演开始之前，剧场里所有的灯都熄灭了吧？"

"嗯，你是说那时候……"

"对，就是那时候。"

"这么说，就是那时候，松岛奈良子被换成了蜡像？"

"不不不，要是那时候就换成了蜡像，后面的表演怎么办呢？当时换掉松岛奈良子的，是二十面相找来的替身。"

"替身？如果那时候松岛奈良子就被调包了，

那她去了哪里呢？"

"这也很简单，从升降口被送到了舞台下的隔层。"

"隔层？"

"只要你过去看一下，马上就会明白的。追光灯再亮起的时候，舞台上的就已经是那个替身了。然后就用这支道具箭引发了这场骚乱。"

"那这替身又是什么时候调包成了蜡像呢？"

"当然是在送往后台的途中喽，你说是不是？"

明智说着，满脸笑意地看向了那个工作人员。

"哈哈哈……果然不愧是明智小五郎。只是我很好奇，你是怎么从有明博士的书房里逃出来的？"

二十面相见已经被明智识破，索性不再伪装。

"你忘了那房间里还有壁炉。"

"壁炉？"

"我实在无路可逃，只好钻进壁炉里，然后顺着壁炉的烟囱爬了出来。"

"你还真是命大啊。"

一旁的中村警部大声打断了两人的对话：

"现在可不是聊天的时候。二十面相，既然你已经被识破了，难道还想垂死挣扎吗？还是乖乖让我给你戴上手铐吧。"

"哈哈哈……中村警部，你做什么白日梦。"

"什么？"

中村警部刚想跨前，后台突然一片漆黑。

"砰"，黑暗中传来一声枪响，紧接着是玻璃破碎的声音。等其他警官闻声赶来的时候，早已没有了二十面相的影子。

仓　库

如果松岛奈良子在演出开始前就被调包后塞进
了舞台下的隔层，那么装上汽车的那个箱子里的岂
不是……既然明智明知如此，为什么还要眼睁睁地
看着汽车开走呢？那汽车又去了哪里呢？

那辆车始终没有开灯，而且专拣没有路灯的僻
静小巷走。大约三十分钟后，汽车驶过一座大桥进
入了一片厂区。这里位于僻静的远郊，虽然白天机
器轰鸣，汽车进进出出，但一到了晚上连个人影都
看不到。

即便到了这里，汽车还是没有开灯，就这么小

心翼翼地行驶在夜色中，拐过一个路口后，停在了一排仓库前的空地上。

车上的人下来了，其中一个走到一处仓库门前，掏出钥匙打开了锁，另外两个人把大箱子卸了下来。

"老大好像还没回来。"

"那正好，快抬进去。"

偌大的仓库里只有几个大箱子。

"太好了，任务总算完成了。这下可以拿到一大笔酬金了。哈哈哈……"

"没人发现吧？"

"怕什么，这仓库是绑架事务所租下的，当初选中这里，就是因为一到晚上连个鬼影子都没有。"

"哈哈哈……老大果然厉害，我看那些警察根本不是他的对手。"

"当然。这都已经是第几个了？那些蠢货还像没头苍蝇似的不知道该怎么办才好呢。"

"说起来，大暗室到底在哪里？听说是老大的私人美术馆，里面摆满了世界各地的奇珍异宝。"

"老大说过，谁也不许提大暗室。要是被他听见了，可就死定了！"

"好，好，不说了，不说了。按老大的吩咐，这里没咱们的事了，咱们去吃点宵夜吧。"

"好啊，走。"

三人说着出了仓库，在外面把门锁上了。

仓库里既没有光也没有声音，装着松岛奈良子的大箱子就那么孤零零地放在冰冷的水泥地面上。

不知过了多长时间，突然，仓库里亮起了一道白色的手电光束。

是二十面相。他回来了。

他径直来到大箱子旁边，弯腰打开了箱盖。

就在箱盖打开的一瞬间，得意洋洋的表情好像凝固在了他的脸上。

原本应该昏睡不醒的松岛奈良子正微笑着看着他。

"二十面相，我们又见面了。"

竟然是小林。

"你，你……"

二十面相恼羞成怒，挥拳就砸，小林连忙跳出箱子，闪身躲了过去。

"哈哈哈……你又上当了。"

小林继续不依不饶地刺激着二十面相。

"混蛋！你这个混蛋！"

二十面相后悔莫及。

就在这时，仓库门口探进了侏儒的脸。

"老大，不好了，这里被警察包围了。"

"什么？看来被他们跟踪了。快，放火！你先走一步，从地道走！"

"是。老大，你怎么办？"

"我收拾了这家伙就来。你一出去就赶紧备船。"

"明白了！"

二十面相吩咐完，朝着小林猛扑上去，两人扭打成了一团。

很快，门外传来了猛烈的砸门声。但此时小林已经被二十面相制服，绑在了一根柱子上。

"这下我看你还能往哪里逃！"

二十面相恶狠狠地对小林说道，然后就钻进了地下通道。

小林拼命挣扎，但二十面相绑得太结实了，根本挣不开。

与此同时，刺鼻的味道越来越浓，是侏儒之前放的火。浓烟很快就呛得小林睁不开眼了，一个劲儿地咳嗽。

幸好仓库门被及时砸开了，几十名警官冲了进来，救下了命悬一线的小林。

"这里有地下通道，他们乘船跑了！"

小林马上把这一重要情报告诉了警方。但警方搜遍了隅田川，还是一无所获。

虽然还是没能抓住二十面相及其同伙，但毕竟他绑架松岛奈良子的阴谋没能得逞。

大暗室

自那天之后，不知是不是明智重新现身的缘故，二十面相再也没有了半点消息。直到有一天，东京六大报社都接到了大侦探明智小五郎打来的电话：

"我已经掌握了关于二十面相的重要线索，如果贵报感兴趣的话，就请一个小时后，派人来麻布的Λ国大使馆吧。"

这可是现在最热门的消息，又是大侦探明智小五郎本人发出的邀请，六大报社当然没有理由拒绝。

E报社的社会部记者近藤接到总编辑的命令，立刻驾车出发了。等他赶到大使馆的时候，其他五家报社派来的记者已经都到了，正在会客室窃窃私语。

"明智先生马上就到，请大家稍等片刻。"

近藤坐下后不一会儿，接待员给六人端上了热气腾腾的红茶。大家马上就被红茶的香气吸引了，果然是A大使馆，一定是上等的红茶。近藤和其他五个记者纷纷端起茶杯，小口啜饮起来。虽然略带点苦味，但口感浓滑，香气馥郁，六个人的茶杯很快就见底了。

就在这时，会客室的门被人推开了。

"对不起，让你们久等了。"

进来的是一个日本人，一身西装，彬彬有礼。他摆出主人的架势，在六人面前的沙发上坐了下来。

"欢迎欢迎。既然各位都已经到了，我就跟大家通报一下二十面相的情况。"

话音刚落，一名记者直截了当地问道：

"对不起，请问你是哪位？我们是应明智先生的邀请来这里的。"

"但是，关于二十面相的事情，我可比明智清楚得多。因为，我就是二十面相啊，哈哈哈……"

"什么，你是……"

一个记者惊愕之下站了起来。

"还是请你坐下吧。不然的话，我的手下就要开枪了。"

"什么？"

六人闻言一起往周围看去，只见窗外、门后，不知什么时候多出了六个黑洞洞的枪口，正对着他们。

六个人顿时吓得都出了一身冷汗。

"你把我们骗到这里来，到底要干什么？"

还是近藤率先恢复了理智。

"嗯，这才对嘛，记者就是要能提出这样的关键问题。今天请你们来不为别的，是要带你们去我的大暗室参观一下。"

"什么？大暗室？"

"对。关于大暗室的种种传闻你们一定已经听说了吧？今天是它落成的日子，你们有幸第一批大饱眼福。当然，参观之后，还请你们在报纸上对我的私人美术馆详细报道一番。"

二十面相说得眉飞色舞，得意洋洋。

"那……如果我们拒绝呢？"

近藤尽管也被吓得不轻，但还是壮着胆子问道。

"拒绝？你们可没有这个选项。"

"难道你要严刑拷打逼我们发稿吗？"

"哈哈哈……严刑拷打？那可不是我的风格。而且，你们肯定会按我说的做，参观过后在各自的报纸上发出热情洋溢的报道。"

近藤还想说什么，却感到脑袋越来越沉，就连眼都要睁不开了。

"各位，是不是都想休息一下啊？哈哈哈……"

"难道……"

"不错，刚才请你们喝的红茶里放了速效安眠药。哈哈哈……睡吧，等你们醒来的时候就已经在我的大暗室了。参观过后再睡一觉，你们就可以安然无恙地回报社准备报道的稿件了。"

不知过了多长时间，近藤慢慢睁开了眼睛。

"这是什么地方？四周漆黑一片，身下是冰冷的岩石，就连空气仿佛都凝滞了。对了，这里恐怕就是二十面相说的那个大暗室。其他五个人呢？不知道他们怎么样了。"

近藤一边想着，一边想要挣扎着起身，这才发现自己被什么东西绑住了，不，不是绑住，更像是被套上了什么东西，总之行动十分不方便。

身边传来一阵窸窸窣窣的声音，近藤努力睁大双眼，黑暗中似乎有几个蠕动的怪物。他先是一惊，继而反应过来，一，二，三，四，五，正好是五个，这恐怕就是跟自己一起落入二十面相圈套的五个记者吧。

"他们怎么都变成了这个样子？那我……"

想到这里，近藤颤抖着双手想要摸摸自己的脸，但触手一片冰凉，看来自己果然跟他们一样，被套上了铁衣，俨然成了大暗室里的机器人。

就在六人面面相觑的时候，黑暗中传来了汽车引擎的声音，那声音越来越近，然后就见一辆卡车停在了六人面前。让他们大吃一惊的是，卡车司机也是和他们一样的机器人。

"好了，各位，我们这就开始参观。请上车吧。"

卡车上站着二十面相，他已经换上了一套黑色紧身衣裤。

"可是，这个样子实在行动不便啊。"

一个记者气呼呼地说。

"既然来到大暗室，就请入乡随俗吧。在这里，所有人都要穿上这身铁衣。"

"哼，不给我们脱下来，我们哪儿都不去。"

话音未落，六个人只觉得浑身酥麻，抽搐不止，这铁衣上竟然装了机关，随时可以通电！

"这次只是让你们稍稍尝一下我的厉害，再有下次可就没这么简单了。我劝你们还是乖乖配合吧。"

六个人一个个面色惨白，连话也说不出来了，都不敢再反抗，乖乖地上了车。

卡车行驶在迷宫般的隧道里，每到一个岔路口，都有一个写着阿拉伯数字的小灯泡。灯泡并不很亮，显然不是用来照明的，倒更像是某种路标，只是六个人谁也看不懂这路标的含义。

突然，一张巨大的脸在黑暗中越来越近，大张着的嘴仿佛要一口把卡车吞下去似的。就在六人惊疑不定的时候，卡车在那张巨脸前停了下来。二十面相招呼六人下车，近藤这才看清楚，那张巨脸是刻在岩石上的。

"这里就是我的私人美术馆的入口，请跟我来。"

二十面相说着率先走进了那张大嘴。

六个人你看看我，我看看你，虽然不情愿，但谁也不想再被电击，于是只好硬着头皮跟在二十面相后面鱼贯而入。

很快，美术馆里的奇景就让这六个记者忘了恐惧。在这种地方竟然能建造出如此规模的建筑，实在是不可思议。所有展厅都铺着彩色地砖，有的还铺着奢华的地毯。

二十面相笑着指了指一个玻璃展柜说：

"瞧，这就是英国皇家的皇冠。"

"怎么可能，这恐怕是假的吧？"

虽然皇冠上众多的宝石在灯光下反射着璀璨的光芒，但近藤还是无法相信。

"你的怀疑也并非毫无道理，这种东西怎么可能落入我的手上。不过，你不要忘了，在这个世界上，只要有钱，什么样的奇迹都能出现。而我，最不缺的就是钱，要不然也不能建造出这么恢宏的大暗室。哈哈哈……"

"可这根本就不是钱的问题！"

"我早就料到你们会有这样的怀疑，为了让各位心服口服，我特地邀请了N报社的中西先生。他曾经常驻伦敦，各位一定看过中西先生的艺术评论和他从伦敦发回的报道吧？他可是艺术品鉴定的行家，现在就请他鉴定一下那顶皇冠吧。"

经过中西先生的鉴定，那皇冠果然是真品！这个结果让在场都所有人都深感震惊。

接下来，二十面相又带着记者们参观了美术馆的其他展品，无一不是旷世的珍宝。如果都像皇冠这么详细解说，恐怕一年的时间也看不完。不过，对二十面相来说，只要各位记者记住大暗室里陈列着不计其数的绝世奇珍就够了。

即便这样走马观花，也足足用了好几个小时才参观完。六个记者还沉浸在深深的震撼中，一时间根本不知道如何言语。

"哈哈哈……这就看呆了可不行，我还没带你们参观我最顶级的藏品呢。"

于是，记者们又被带到了最里面的一间展厅。

"看，这是我的水族馆。"

展厅里是一个巨大的玻璃缸。

近藤好奇地向里窥视，难道是某种十分珍贵的鱼类？

"啊！"

就在看清楚玻璃缸里的东西的一刹那，近藤忍不住惊呼了出来。

那里面竟是一条美人鱼，上半身是一个美丽的姑娘，看上去只有十七八岁，下半身却长着鱼的尾巴。

"哈哈哈……吓着各位了吧？这是我最引以为豪的美人鱼！请大家仔细欣赏……"

那姑娘看起来十分痛苦，在水中翻滚着，挣扎着，眼看就要被活活淹死了。就在这时，天花板上突然伸出了一个巨大的夹子，夹住那姑娘提出了水面。

记者们一个个看得目瞪口呆，冷汗淋漓。

"太残忍了！"

近藤大声斥责道。

"大暗室有自己的法律，只要乖乖遵守，自然不会有问题。但是如果有人违反，这里也有各种刑罚等着他们。各位刚才看到的，就是其中的一种。"

"什么大暗室，我看这简直就是地狱！二十面相，你到底挖空了哪座大山才建起了这种东西？"

"什么，哪座大山？哈哈哈……各位，你们都觉得这里是大山里吗？哈哈哈……有意思。我可不喜欢那么偏僻的地方。其实，我们现在就在东京最繁华的地方啊。各位头顶上就是银座最大的M百货大楼。哈哈哈……"

二十面相说完得意地大笑不止。

"你以为我们会相信这种骗小孩子的谎言？怎

么可能在银座底下建成这么大规模的建筑？照你这么说，难不成我们头顶上还有川流不息的车流？"

"如果像我这么有钱，这又有什么不可以呢？好吧，我这就让你们亲眼见识一下。不过，这里不行，跟我来。"

六人又跟着二十面相上了卡车。卡车在隧道里行驶了足有十分钟，才在一处看起来像是工地现场的地方停了下来。很多套着铁衣的人正在劳作。

"看，他们都是大暗室的忠实臣民。"

二十面相得意洋洋地对六人说。

"你带我们来这里看什么？"

"别着急嘛。一会儿你们一个一个地进去，但是不能在里面停留太长时间。这里是大暗室的监视哨所，为了让你们相信我说的都是真话，才破例让你们看一眼的。这样吧，每人半分钟。"

轮到近藤的时候，他走进房间，发现这里出乎意料的狭小，跟大暗室宏大的规模完全不成比例。一根潜望镜从天花板上垂下来，就像在潜水艇上一样。

他把眼睛凑上去，啊，看到了，地面上正是傍晚时分，果然是车水马龙，热闹非常。

就在他想确认一下地面上到底是什么地方的时候，耳边传来了二十面相的声音：

"换下一个！"

于是，近藤被二十面相的一名手下拽着出了监视所。

"果然如你所说，我们就在东京地下。但是，如果警方发动突袭，岂不是瓮中捉鳖？"

"哈哈哈……那不可能！"

"为什么？刚才那个水族馆的上面不就是M百货大楼吗？只要从那里挖下来……"

"哈哈哈……哪有那么简单。大暗室的天花板上装满了爆炸装置，只要稍一触及，就会引发剧烈的爆炸，到时候，东京市中心就要多出一个大洞了，哈哈哈……好了，今天的参观也差不多该结束了，各位，一会儿再喝杯红茶就可以回去了。一定要记得按照我们的约定写出精彩的报道哟。"

入　口

　　记者们醒来的时候已经是第二天早晨，他们立即赶到警视厅，向中村警部详细讲述了事情经过。根据他们的描述，大暗室似乎已经建成。

　　当天的晚报上，六个记者大暗室之行的报道引发了东京市民的强烈恐慌，一时间流言四起。人们在惊恐之余，纷纷谴责警方无能，竟然让二十面相在东京地下建成了如此规模的巢穴。

　　接到记者们的报案后，警视厅立即召开紧急会议商讨对策。会议持续了整整一天，却没有任何结果。直到深夜时分，中村警部才终于焦头烂额地回到自己的办公室。

一推开门，他竟然发现明智正坐在自己的办公桌前。

"中村君，你的日子不太好过吧？"

明智倒是不见如何紧张，笑呵呵地问道。

"唉……一言难尽啊。我们已经商量了一整天了，还是没想出一个万全之策。"

"我也正是为了这事来的。"

"这么说，你已经有眉目了？"

"可以这么说吧。"

"太好了！"中村警部脸上的疲惫和颓色一扫而空，"你是不是找到潜入大暗室的办法了？"

"我跟那六个记者详谈了一番，找到了一些线索。"

"你知道入口在哪里了？"

"差不多吧，但还是要去现场核实后才能确定。"

"在哪儿？"

"日本桥的小传马町。"

"什么？日本桥？"

"是的。据那六个记者回忆，在参观的最后阶段，二十面相带他们去了一处监视哨所。在那里，他们先后用潜望镜看到了地面上的情况。虽然其中的五个人都没能提供什么有价值的信息，但E报社的近藤却提到了一个非常重要的情况。"

"他看到什么地标了？"

"不，不是那个。他凑巧看见一辆货运卡车为了躲避突然蹿出的一条野狗紧急刹车。就在那时，他看到了卡车的车牌。"

"他记住车牌号码了？"

"嗯。"

"太好了！"

"于是我和小林很快找到了卡车司机。"

"司机还记得当时的情形吗？"

"嗯。他说，那条野狗蹿出的地方就是小传马町一带。"

"太好了！"

"于是，我和小林又立即赶到小传马町走访排查，在公共汽车站旁发现了一个夹在两家商店中间的院子。那院子很大，围墙很高。一番调查后，得知那房子原本是一个棉花批发商建的，但是几年前卖给了一个自称三野浦的老人。那老人是一个收藏家，而且似乎非常有钱，总是在世界各地收购各种古董、艺术品，经常有卡车将整车的藏品运进那个院子。奇怪的是，据邻居们说，从来没见过除老人外的其他人住进那个院子。"

"果然很可疑。"

"我们偷偷潜入院子里，想要找到秘密通道入口之类的地方，但找遍了那栋房子，什么都没有发现。就在我们打算放弃的时候，偶然发现楼外下水管上有一个光点一闪。我马上想到，这会不会就是潜望镜的镜头？"

"你竟然连这个都调查清楚了，真不愧是日本第一名侦探。剩下的就交给我们吧。"

"别急。难道你忘了记者们提到的爆炸装置？"

"你是说……"

"即便知道大暗室就在那房子下面，也不能强行开挖，必须找到入口。"

"可是你和小林不是已经找遍了那个院子都没能发现入口？"

"是啊，所以我想，要找到入口，必须要……"

一小时后，小传马町上空飘起一个黑色的热气球，在夜空中很难被发现。热气球下的吊笼里是小林，他正拿着望远镜目不转睛地盯着那个院子。

凌晨时分，一辆卡车停在了院门外，几个人从车上抬下来一个足可以装下一个成年人的大箱子。他们抬着箱子径直来到院子里的水池边放了下来，然后就头也不回地离开了。

过了一会儿，水池里的水竟然翻滚起来，好像有什么东西就要从水下出来了。随着水花翻涌，一个直径足有一米的银色圆筒就像潜望镜一样从水里升了起来。圆筒打开了，从里面走出来几个跟记者们描述得一模一样的套着铁衣的"机器人"。他们一言不发，抬起水池边的箱子回到了圆筒里。圆筒重新关上，又沉入了水里。

此后直到天亮，院子里再没有任何动静。小林回到地面，向明智和中村警部汇报了昨晚的发现。

"那肯定就是大暗室的入口！"

尾　声

　　几天后的一个晚上，松岛奈良子在演出结束后回家的路上突然遭到二十面相一伙的绑架。

　　大暗室的水族馆里，二十面相得意洋洋。

　　"哈哈哈……果然还是我技高一筹啊，哈哈哈……松岛奈良子终于还是成为了我大暗室的一员。"

　　在他面前已经打开的箱子里，松岛奈良子正缩成一团抖个不停。

　　"喂，快给她换上美人鱼的装扮。"

　　"是，老大！也把她丢进大玻璃缸里吗？"

应声的正是那个侏儒。

"对，丢进去，让她见识一下大暗室的厉害。"

侏儒抱起奈良子，一脸坏笑地走了出去。

二十面相等了好半天，还不见侏儒回来复命，不由得焦躁起来。

"发生什么事了？怎么还没回来？"

就在二十面相大声询问侏儒的时候，只听"扑通"一声，玻璃缸里水花四溅，有人被扔了进去。只是等水面稍稍恢复平静，二十面相定睛看去，哪有什么美人鱼，玻璃缸里的不正是自己的心腹，那个侏儒吗？

"什么？"

二十面相立即意识到大事不妙，刚要逃走，只见一群套着铁衣的"机器人"不知什么时候已经堵在了水族馆门外。

"你们想干什么？"

二十面相大声呵斥，但这些原本绝对服从于他的"机器人"不但丝毫没有后退，反而步步紧逼。

"你们想造反吗？"

二十面相掏出控制器，使劲儿按下开关，竟然毫无作用。

"哈哈哈……"

突然，最前面的一个"机器人"突然放声大笑起来。

"你笑什么？你是谁？"

"你自己看吧。"

"机器人"说着取下了套在头上的铁皮面罩。怎么回事？那面罩没有特制的钥匙根本摘不下来啊，可是眼前的这个"机器人"竟然毫不费力就取了下来，这到底是怎么回事？

"你……你是明智？"

"对，明智小五郎。"

明智身后的几十个"机器人"也都纷纷摘下了面罩，原来是中村警部、小林和一众警官。

"哈哈哈……二十面相，刚才是谁说自己技高一筹来着？"

"你们是怎么进来的？"

"当然是从水池里的那个秘密通道入口进来的

啊。你的那些手下都已经被警方一网打尽了。被你抓到这大暗室来的人质也都被我们救出去了。至于奈良子小姐嘛，那是我们为了吸引你的注意故意露出的破绽。就在你为了绑架她四处奔走的时候，我们已经分批潜进你的大暗室，把你的这些'机器人'都换成了警视厅最精锐的警官。现在，你就是插翅也难逃了。"

江户川乱步年谱

1894年　出生

本名平井太郎，10月21日出生于三重县名张市，为家中长子。父平井繁男，时任名贺郡官府书记员。母平井菊。

1897年　3岁

因父亲工作调动，举家搬迁至名古屋市。

1901年　7岁

4月，进入名古屋市白川寻常小学就读。

1903年　9岁

《大阪每日新闻》连载菊池幽芳的《秘密中的秘密》，母亲每晚都会念给他听，从此对侦探故事萌生了极大兴趣。

1905年 11岁

4月，进入市立第三高等小学。协助父亲采用胶版誊写版印刷和发行少年杂志。二年级时喜欢上了押川春浪的武侠冒险小说。

1907年 13岁

4月，升入爱知县立第五初级中学。读到黑岩泪香的《岩窟王》，印象特别深刻。

1908年 14岁

其父开设平井商店，主营进口机械的贸易销售，兼营外国保险代理和煤炭销售业务，并采购全套铅字，印刷和发行《中央少年》杂志。秋天，开始在学校附近租借宿舍，独立生活。

1910年 16岁

与要好同学坐船到中国的东北地区旅行。

1912年 18岁

3月，初中毕业。因喜欢出版事业，与同学到处奔走、筹备。6月，其父开设的平井商店破产倒闭。由于失去了学费来源，没有继续上高中。随父亲坐船到朝鲜马山，从事垦荒和测量工作。8月，只身赴东京勤工俭学，以优异成绩考入早稻田大学预备班，白天上学，晚上寄宿在东京都本乡汤岛天神町的云山印刷厂，逢休息日打工。12月，迁到春日町借宿，业余时间靠誊写挣钱。

1913年　19岁

春，与祖母在东京牛込喜久井町生活，重读黑岩泪香等著名作家写的侦探小说。曾计划印刷和发行《少年新闻报》。8月，预备班毕业，考入早稻田大学经济学专业学习。

1914年　20岁

春，与同学创办《白虹》杂志，利用业余时间阅读爱伦·坡、柯南·道尔等英国作家的短篇侦探小说。为了阅读侦探小说，辗转于各大图书馆，所做的笔记装订成册，称为《奇谈》。

1915年　21岁

其父回国供职于某保险公司，在牛込与全家一起生活。继续阅读外国侦探小说，并悉心研究"暗号通讯文书"的由来、规则和特点。

1916年　22岁

8月，毕业于早稻田大学经济学专业，入职大阪府贸易商加藤洋行。

1917年　23岁

5月，从加藤洋行辞职，在伊东温泉开始阅读谷崎润一郎的作品《金色之死》，执笔撰写电影评论文章。11月，入职三重县鸟羽造船厂电机部，参与内部杂志《日和》的编辑。

1918年　24岁

4月，其父再赴朝鲜工作。与鸟羽造船厂的同事组织"鸟羽故事会"，在各剧场、小学巡回。冬，在坂手村小学结识村上隆子。

1919年　25岁

辞职到东京。2月，与两个弟弟在东京本乡驹込町经营一家旧书店"三人书房"。7月，在书店二层编辑《东京PACK》杂志。11月，开设中华面馆。同年，与村上隆子成婚。

1920年　26岁

2月，入职东京市政府社会局。10月，关闭旧书店，入职大阪时事新报社，担任记者，经常与井上胜喜谈论侦探小说，开始撰写《两分铜币》。

1921年　27岁

3月，长子平井隆太郎诞生。4月，在东京担任日本工人俱乐部书记。

1922年　28岁

8月，辞职后回到大阪府外守口町的父亲家，与父亲一起生活。9月，《两分铜币》《一张收据》完稿，正式向某杂志社投稿，但未被采用。不久，改投《新青年》杂志，经审定采用。12月，入职大桥律师事务所。

1923年 29岁

4月，《两分铜币》在《新青年》刊载，小酒井不木博士长文推荐。7月，《一张收据》在《新青年》刊载，辞去大桥律师事务所工作，入职大阪每日新闻社广告部。

1924年 30岁

4月，关东大地震，全家迁回大阪。7月，在《新青年》发表《二废人》。10月，在《新青年》发表《双生儿》。11月底，离开大阪每日新闻社，成为职业作家。

1925年 31岁

1月，在《新青年》增刊发表《D坂杀人事件》，名侦探明智小五郎首次登场。到名古屋拜访小酒井不木。之后，到东京拜访森下雨村，结识《新青年》派作家。2月，在《新青年》发表《心理测试》。3月，在《新青年》发表《黑手》。4月，在《新青年》发表《红色房间》，与春日野绿、西田政治、横沟正史等作家发起创建"侦探兴趣协会"。5月，在《新青年》发表《幽灵》。7月，在《新青年》发表《白日梦》《戒指》。8月，在《新青年》增刊发表《天花板上的散步者》。9

月，在《新青年》发表《一人两角》，在《苦乐》发表
《人间椅子》；其父逝世。10月，成立"新兴大众文艺
作家协会"。

1926年　32岁

发表侦探小说《噩梦塔》（直译名《幽鬼之塔》）等
多篇作品。12月，在《朝日新闻》上连载《畸心人》（直
译名《侏儒法师》）。

1927年　33岁

3月，停笔，与妻平井隆子开设"宿舍租借有限公
司"。不久，独自外出旅行，到日本海沿岸、千叶县沿
岸等地；10月，到京都、名古屋等地；11月，与小酒井
不木、国枝史郎、长谷川伸和土师清二等人创建大众文
艺民间合作组织"耽绮社"。

1928年　34岁

3月，出售早稻田大学附近的宿舍。4月，买下东京
户塚町源兵卫一七九号的房屋。同年，发表《丑角师》
（直译名《地狱丑角师》）。

1929年　35岁

1月，在《新青年》发表《噩梦》。6月，发表处
女随笔《恶魔王》（直译名《恐怖的魔王》）。8月，在
《讲谈俱乐部》连载《蜘蛛男》。

1930年　36岁

5月，改造社出版《孤岛之鬼》。7月，在《讲谈俱乐部》连载《魔术师》。9月，在《国王》连载《黄金假面人》。10月，讲谈社出版《蜘蛛男》。

1931年　37岁

5月，平凡社出版《江户川乱步选集》13卷。同年，出版《迷重重》(直译名《钟塔的秘密》)、《暗黑星》和《邪与恶》(直译名《影男》)。

1932年　38岁

3月，停笔，带全家外出旅游，先后到过京都、奈良、近江等地。

1933年　39岁

1月，加入大槻宪二创建的"精神分析研究会"，每月出席例会，并为该会《精神分析杂志》撰稿。4月，长子平井隆太郎升入大阪府立第五初中学校。同年，好友山本直一辞去博物馆工作，担任江户川乱步的助手。12月，在《国王》连载《红蝎子》(直译名《红妖虫》)。

1934年　40岁

发表《恐吓信》(直译名《魔术师》)、《黑天使》和《不归路》(直译名《死亡十字路》)。

1935年　41岁

1月，平凡社陆续出版《江户川乱步杰作选》12卷。6月，春秋社出版《人形豹》。9月，编写《日本侦探小说杰作集》，由春秋社出版，并发表长篇评论文章。

1936年　42岁

1月，在《讲谈俱乐部》连载《绿衣人》；在《少年俱乐部》连载《怪盗二十面相》。5月，春秋社出版评论集《鬼的话》。12月，讲谈社出版《怪盗二十面相》。

1937年　43岁

1月，在《讲谈俱乐部》连载《噩梦塔》(直译名《幽鬼之塔》)，在《少年俱乐部》连载《少年侦探团》。战争爆发后，政府当局对于出版物的审查越来越严格，江户川乱步的所有小说被禁止出版发行，不得不停止撰写侦探小说。为了生活，江户川乱步借用别名为少年儿童撰写探险小说。后来，当局只允许江户川乱步撰写防谍反特小说，在杂志和报纸决定连载前，必须经过外交部、内务部、警视厅和宪兵机构的联合审查，达成一致意见后方可使用江户川乱步的名字刊登。由于公开抗议，被勒令停止写作，结果只写了一部小说。

1938年 44岁

1月，在《少年俱乐部》连载《妖怪博士》。3月，讲坛社出版《少年侦探团》。4月，新潮社出版《噩梦塔》。9月，新潮社出版《江户川乱步选集》10卷。

1939年 45岁

1月，在《讲谈俱乐部》连载《暗黑星》，在《少年俱乐部》连载《蒙面人》。2月，讲谈社出版《妖怪博士》。

1940年 46岁

2月，讲谈社出版《蒙面人》。7月，因心脏不适住院治疗。10月，与同人创立"大政翼赞会"。

1941年 47岁

7月，非凡阁出版《噩梦塔》。12月，任东京池袋丸山町防空会长。

1942年 48岁

任东京池袋北町会副会长，以"小松龙之介"的笔名连载《聪明的太郎》。

1943年 49岁

与著名作家井上良夫书信往来，交流对欧美侦探小说的看法。8月，开始连载科幻小说《伟大的梦》。11月，东京大学文学部在读的长子平井隆太郎被征召入伍，为其举行送别会。

1944年　50岁

出任行政监察随员助手，后在町会领导下开设军需品加工厂生产皮革制品。

1945年　51岁

4月，家属被疏散到福岛，自己则只身留在东京池袋，继续担任町会副会长。6月，因病被疏散到福岛。8月，在病床上听到裕仁天皇宣布无条件投降，平井隆太郎从土浦飞行队退役。11月，举家迁回池袋。

1946年　52岁

6月，倡议成立"侦探小说星期六研讨会"，每月开一次例会。

1947年　53岁

6月，"侦探小说星期六研讨会"更名"侦探作家俱乐部"，被选举为第一届主席。11月，到关西等地演讲，普及和推广侦探小说。没有新作问世，但旧作再版达31部。

1949年　55岁

1月，在《少年》连载《青铜怪人》。6月，再度当选侦探作家俱乐部会长。11月，光文社出版《青铜怪人》。

1950年　56岁

1月，在《少年》连载《虎牙》。3月，在《报知新闻》连载《断崖》，为战后首部短篇侦探小说。12月，光文社出版《虎牙》。

1951年　57岁

1月，在《趣味俱乐部》连载《恐怖的三角馆》，在《少年》连载《透明怪人》。5月，岩谷书店出版评论集《幻影城》。12月，光文社出版《透明怪人》。

1952年　58岁

1月，在《少年》连载《怪盗四十面相》。3月，评论集《幻影城》荣获侦探作家俱乐部授予的"第五届优秀侦探小说勋章"。7月，辞去侦探作家俱乐部会长一职，任名誉会长。12月，光文社出版《怪盗四十面相》。

1953年　59岁

1月，在《少年》连载《宇宙怪人》。12月，光文社出版《宇宙怪人》。

1954年　60岁

1月，在《少年》连载《塔上魔术师》。10月，日本侦探作家俱乐部、东京作家俱乐部和捕物作家俱乐部联合主办"江户川乱步六十大寿庆典"，会上正式设立"江户川乱步奖"。《别册宝石》第四十二期杂志作为

"江户川乱步六十周岁纪念特刊"，《侦探俱乐部》十二月号杂志也作为"乱步花甲纪念特刊"。著名作家中岛河太郎编纂和发行《江户川乱步花甲纪念文集》。11月，映阳堂出版《江户川乱步选集》10卷。12月，光文社出版《塔上魔术师》。

1955年　61岁

1月，在《趣味俱乐部》连载《影男》，在《少年》连载《海底魔术师》，在《少年俱乐部》连载《灰色巨人》。5月，举行首届"江户川乱步奖"颁奖仪式。11月，在三重县名张市举行"江户川乱步诞生地"树碑庆贺仪式。12月，光文社出版《海底魔术师》《灰色巨人》。

1956年　62岁

1月，在《少年》上连载《魔法博士》，在《少年俱乐部》上连载《黄金豹》。1月24日，"日本翻译家研究会"成立，出任研究会顾问。2月，出任"日本文艺家协会语言表述问题专业委员会"委员。4月，发表《英文翻译侦探小说短篇集》。8月，接任《宝石》杂志主编。11月，光文社出版《马戏团里的怪人》《魔法玩偶》。

1957年　63岁

1月，在《少年》连载《夜光人》，在《少年俱乐部》连载《奇面城的秘密》，在《少女俱乐部》连载《塔上魔术师》。12月，光文社出版《夜光人》《奇面城的秘密》《塔上魔术师》。

1959年　65岁

1月，在《少年》连载《假面具背后的恐怖王》。11月，桃源社出版《欺诈师与空气男》，光文社出版《假面具背后的恐怖王》。

1960年　66岁

1月，在《少年》连载《带电人M》。4月，出任东都书房《日本侦探推理小说大集成》编辑委员。

1961年　67岁

4月，成为文艺家协会名誉会员。7月，出席"江户川乱步从事侦探小说创作四十周年庆典"，桃源社出版《侦探小说四十年》。10月，桃源社出版《江户川乱步全集》18卷。11月3日，荣获日本政府颁发的"紫绶褒勋章"。

1963年　69岁

1月，"日本侦探作家俱乐部"升格为社团法人"日本推理作家协会"，被一致推选为第一届理事长。8月，再次当选，坚辞不受，亲自提名松本清张接任第二届理事长。

1965年　71岁

7月28日，突发脑出血逝世，戒名智胜院幻城乱步居士。获赠正五位勋三等瑞宝章。8月1日，在青山葬仪所举行日本推理作家协会葬，墓所位于多摩灵园。

译后记

我1981年8月考入宝钢翻译科从事翻译工作，1982年初开始从事日本文学翻译，1983年2月首次发表日本文学译作。四十余年来，我一直致力于中日民间文化交流，尤其是翻译了日本推理文学鼻祖江户川乱步的作品全集，由衷地感到欣慰和满足。

《江户川乱步全集》共46册，数百万言，历经数个寒暑才翻译完成。回首往事，第一天坐在桌案前写下第一行译文的情景仍历历在目。为了解江户川乱步的创作思想、创作背景和准确把握作品的神韵，除反复阅读其所有小说作品外，我还遍览《侦探推理文学四十年》《乱步公开的隐私》《幻影城主》《奇特的立意》和《海外侦探推理文学作家和作品》等乱步的随笔和评论集。并专程去了坐落在东京丰岛区池袋的江户川乱步故居考察，到日本国家图书馆查阅了有关江户川乱步的许多资料。

为了让更多的人了解江户川乱步，我在《新民晚报》先后发表了《江户川乱步，日本侦探推理文学的先驱》《日本的福尔摩斯》《江户川乱步的起步》《徜徉少年大侦探系列》《徜徉青年大侦探系列》，接受了腾讯视频、东方电视台、《上海翻译家报》、沪江网、日语界以及日本青森电视台、《东粤日报》、《朝日新闻》、《产经新闻》、《中日新闻》的相关采访。

鲁迅说："伟大的成绩和辛勤劳动是成正比的，有一分劳动就有一分收获。日积月累，从少到多，奇迹就可以创造出来。"我历经数年辛劳翻译的这版《江户川乱步全集》，2004年4月被乱步故里日本名张市政府收藏，2020年10月又被日本驻上海总领事馆收藏，并荣获国际亚太地区出版联合会

APPA翻译金奖，其中的"少年侦探团系列"荣获国家新闻出版总署优秀少儿图书三等奖。

江户川乱步可以说是日本推理文学的代名词，江户川乱步奖是推动日本推理文学作家辈出的巨大动力，《江户川乱步全集》是世界侦探推理文学的瑰宝。希望通过这套《江户川乱步全集》，可以让更多的读者共同享受推理文学的乐趣。

2021年元旦于上海虹桥东华美寓所